DANIEL JÁNDULA

El Reo

ediciones noufront

Ediciones Noufront
Sta. Joaquina de Vedruna, 7 bajos B
43800 VALLS
Tel. 977 606 584
Tarragona (España)
info@edicionesnoufront.com
www.edicionesnoufront.com

Fotografía de cubierta: istockphoto
Diseño de cubierta e interior: Ediciones Noufront

El Reo

Depósito Legal: M-4022-2009
ISBN 13: 978-84-937017-0-3

Impreso en: Elece Industria Gráfica

PASAR PÁGINA

Acabé El Reo el 17 de agosto de 2006, a eso de las cuatro de la madrugada. Había puesto el punto y final a la redacción de un libro que empecé a soñar tres años antes, cuando leí por vez primera El precio de la gracia, de Dietrich Bonhoeffer, un libro que me impactó especialmente; acto seguido empecé a darme cuenta de que había una historia detrás de aquel drama personal que merecía ser contada.

Tras unos pequeños cambios, intenté publicar la obra en varias editoriales, sin éxito. Es difícil enfrentarse a esta novela. Usa la historia, pero no cumple con todas las normas de la novela histórica. No es condescendiente ni amable con el lector, aunque nunca lo tratará como un ignorante. No se pone del lado de nadie. No hay voluntad ni reflexión política en sus páginas. Digo cosas que en la vida real jamás diría; con algunas de ellas ni siquiera estoy de acuerdo. Todo lo que hay que saber sobre el libro está dentro de sí mismo, en su estómago, luchando aún por digerir los acontecimientos. Es un texto fragmentario, y en algunos ratos incluso contradictorio, al igual que la obra y vida de su protagonista quien, entre otras, tuvo la rara característica de ser profundamente humano, de estar siempre presente en el mundo, de vivir en él, y saber enfrentarse a él cuando había que hacerlo.

Como influencia reconocida de esta novela se me ocurren las obras que el escritor Irving Stone dedicó a grandes personalidades como Lincoln, Freud, Miguel Ángel, Van Gogh o Darwin. Esas novelas biográficas marcaron mi estilo, pero también las lecturas de autores como Philip Roth, Victor Frankl, Saul Bellow, Michael Chabon... sí, todos ellos de origen judío. Me documenté con cartas y libros de historia y filosofía, muchos de los cuales eran tremendamente aburridos. Pero sé que el esfuerzo no fue inútil.

Muchos nombres me vienen hoy a la cabeza. No puedo dar las gracias desde aquí a todos, pero hay algunas personas que deberían quedar aquí registrados por su ayuda inestimable en la construcción de este libro:

Julio Díaz, director del Seminario Teológico Bautista de Alcobendas (Madrid), fue quien me habló por primera vez de Bonhoeffer y me recomendó la lectura de El precio de la gracia; José de Segovia, por ayudarme en la documentación y proporcionarme esa conferencia genial de Bernard Coster; Mario Escobar, que con su experiencia como escritor y enorme conocedor del mundo editorial me ha guiado sin saberlo; Emmanuel Buch y Samuel Drummond, dos pensadores a los que de vez en cuando he acudido para aclarar mis ideas sobre el complicado mundo de la teología; Noa, mi mujer y mejor amiga, que soportó mis manías y leyó fragmentos, comentándolos con precisión quirúrgica de filóloga.

El libro que tienes en tus manos es prácticamente idéntico a aquel que finalicé hace en aquella madrugada, con sus errores y aciertos. Es el primer libro de un joven con el cuarto de siglo recién cumplido; un escritor que todavía tiene todo que decir, todo que aprender y todo que equivocar. Ha pasado algo de tiempo, y hoy no soy el mismo. No vivo en el mismo sitio; no tengo el mismo trabajo; no convivo con las mismas personas; he escrito otras cosas desde entonces. Pero la sombra de la novela me ha acompañado siempre. Los miedos y deseos que la custodiaban han continuado hasta saber de su publicación. Quizá muchos no lo entiendan, pero para mí, el hecho de que leas esta historia significa algo muy importante: por fin puedo pasar página.

Barcelona, enero de 2009

ÍNDICE

Primera Parte: FRAGMENTOS

Segunda Parte: CONSPIRACIÓN

Tercera Parte: PRISIÓN

PRIMERA PARTE

Fragmentos

CAPÍTULO 1

El atentado en Königsallee

El maestro partió la tiza en dos y produjo un chasquido seco. En la pizarra, bajo la sombra dejada por un retrato del káiser Guillermo II aparecía con sinuosa y bonita caligrafía:

> **Historia General Nacional:**
> **Segunda mitad del siglo XIX.**
> **exámen de fin de curso.**
> **1.)**

Y un minúsculo punto de tiza, con un minúsculo surco dejado por la tiza partida contra la pantalla de historia. El maestro echó un vistazo general a la clase. Enarcó una ceja, dio un par de pasos atrás, guiñó, levantó la mano derecha y arrojó, con su puntería excepcional de soldado raso durante la Gran Guerra, la tiza contra la frente de uno de sus alumnos, que reía sin un motivo aparente, distrayendo a su compañero de al lado.

- Señor Weigel, por favor, explique a la clase el motivo de su alegría, para que podamos reírnos todos con usted –el maestro era algo severo, pero justo; reclamaba atención, porque se esforzaba en hacer amenas sus clases. Tenía sobre su cabeza unas grandes entradas, y podía incluso caer simpático dentro de la disciplina que se imponía en el Instituto berlinés del barrio de Grunewald. Ya no quedan maestros así. El tal Weigel, un muchacho risueño y albino, se puso de color rosa.

- Nada, señor... sólo recordaba una anécdota...

Y entonces, el tiempo se ralentizó, de una forma difícil de percibir, y un sonoro y hueco disparo hizo que toda la clase saliera de su concentración y la tensión del examen que iban a realizar. Al primer disparo siguieron otros tres, más seguidos y ligeramente más sonoros. Empezó el murmullo. Los estudiantes se levantaron y pegaron sus caras contra los cristales, sin que les importara el polvo que los cubría. En la calle, varias personas bajaban corriendo hacia la Avenida Königsallee, situada a unos escasos cincuenta metros. La expectación era tremenda: la del punto clave de un espectáculo; la del día de publicación de las notas; la del segundo antes de dar el primer beso. La puerta del aula se abrió y todos los alumnos, junto con su profesor, dieron un respingo, ahogando un unánime grito. El director estaba bañado en sudor y le temblaban mucho las manos. Miró a los ojos del maestro y le hizo señas para que le acompañara al pasillo. El maestro pidió a sus alumnos calma y les invitó a sentarse. Cerró la puerta y todos podían oír a través de las paredes el sonido con reverberación de una conversación en el pasillo. Se sentaron, y sólo uno quedó de pie, mirando a la pizarra con aire pensativo. Se acercó, tomó la tiza y escribió:

1). ¿Qué sucedió en la Avenida Königsallee el 24 de junio de 1922?

Tras lo cual se sentó. Algunos de sus compañeros le susurraron que por favor borrara eso, que no querían líos... y entonces el maestro entró frotándose mucho las manos, gesto que sólo se le veía cuando aparecía preocupado. Se detuvo junto a la pizarra, leyó la frase. Enorme silencio de biblioteca.

- Una buena pregunta –suspiros de alivio entre miembros del alumnado– acabo de hablar con el director y... –miraba al aire, como buscando las palabras; no se atrevía a mirar directamente a sus pupilos, y hacía con los pies los mismos gestos de alguien que tiene que encontrar una letrina cuanto antes– el claustro ha decidido suspender por hoy los exámenes... –suspiros de alivio entre miembros del alumnado– ha ocurrido algo terrible y... será mejor que lo cuente directamente: acaban de asesinar al ministro de Asuntos Exteriores en la Avenida... –murmullo– ahora ya saben la respuesta a la pregunta... –el muchacho que hizo la travesura bajó la cabeza– así que... pueden ir a sus casas... gracias.

Dicho lo cual se sentó en su mesa y se puso cara a la pared, como si le hubieran castigado por contar la verdad a sus alumnos. Esto produjo una gran confusión: al principio, nadie se atrevía a levantarse ni a decir palabra. Pero, como ocurre en cualquier colegio en cualquier parte del mundo, cuando uno toma la iniciativa, el resto le sigue. Un alumno gordito cogió su cartera y se levantó. Miró la clase y salió despacio y sin ruido. Otro chico lo imitó. Después se unieron tres, luego cinco, y por último otros dos. Las clases no eran muy grandes; aquel día cambió la forma de pensar de muchos. Pasaron diez minutos. El maestro se echó las manos a la cara. Se estremeció al notar que no estaba solo, y al girarse vio, en el centro de la clase, al alumno que escribió la ingeniosa pregunta, mirando algún punto indefinido del suelo. El profesor se levantó, caminó lento hacia él y se sentó en el pupitre que había delante.

- Señor Bonhoeffer... ¿se encuentra bien?... ¿tiene algo que decir?... –parecía muy intrigado. Por fin el chico habló.

- ¿Adónde va a ir a parar Alemania? Están asesinando a sus mejores políticos –estaba tremendamente consternado.
- Esa frase... la escribió usted –el profesor estaba maravillado del conocimiento en materia política y social de este alumno– ¿No es así?

El muchacho asintió, sin pestañear.

- Me gustaría tener una respuesta para su pregunta, señor Bonhoeffer... –y era cierto. Por primera vez en mucho tiempo, un alumno le planteó el reto de buscar una respuesta frente al dolor– con el tiempo y la experiencia aprenderá que un hombre nunca acaba por tener respuestas para todo, y entonces lo único que le queda es resignarse.

Dietrich, que así se llamaba el joven, se quedó mirando a su profesor a los ojos y apenas despegó los labios, como si se quedara alguna palabra colgando. La mirada de haberse despertado. Se frotó los ojos. Se puso en pie, cogió la cartera y salió dando un portazo, dejando al pobre hombre con sus pensamientos.

En la calle residía un extraño aire. Era el penúltimo día de clase, estaba cerca el verano y los grillos ya estaban en flor. A pesar de la gente que iba arriba y abajo corriendo hacia sus casas, reinaba un silencio que se perdía por las hojas translúcidas que tendían algunos árboles. El caso es que Dietrich andaba apaciguadamente, y decidió dar un rodeo: bordeó el Instituto, callejeó un poco por el lugar del atentado y recorrió, ajeno a la gente que se agolpaba en la zona, la avenida plagada de árboles a ambos lados en dirección norte, pasando por el puente Hasensprung, para salir finalmente a la parte trasera de la casa de su vecino, el señor Max Planck. Era un tipo excéntrico el tal señor Planck: pasaba la mayor parte del tiempo en su laboratorio, pintarrajeando sus doce pizarras. Cuando se le veía en el mundo exterior siempre iba con sus redondas lentes empañadas, despeinado y soltando incongruencias en voz audible. Probablemente, tardaría días en enterarse de lo ocurrido esa mañana. Pero no molestaba a nadie y contribuía notablemente a dar fama al ya de por sí conocido barrio de Grunewald. Tres años atrás realizó notables descubrimientos en el campo de la termodinámica, que le valieron el premio Nobel. El dinero del premio le vino muy bien, ya que el marco no levantaba cabeza desde el fin de la guerra, y la inflación no había hecho más que subir, tomando de su mano al desempleo. Una gran cantidad de trabajadores de la clase media acomodada perdió gran parte de su fortuna, por lo que si alguien se dedicaba a la investigación, tenía que poseer además de buenos mecenas, ahorros importantes, y dejarse el pellejo en su trabajo. Max Planck había sudado y hablado en alto de sus investigaciones muy duramente, y recibió su recompensa, que le permitió seguir investigando y superar en parte el dolor de uno de sus hijos fallecido durante la Gran Guerra. A Dietrich no le interesaba demasiado escuchar al hombre acerca de la «naturaleza cuantizada de la energía», y ni siquiera entendía muy bien qué podía significar eso, pero era un personaje al que le gustaba observar. Un personaje cuya vida, como la de muchas familias de entonces, tanto acomodadas como humildes, estuvo siempre marcada por la tragedia de las dos guerras mundiales...

El físico no era la única eminencia residente allí: también estaba el teólogo Adolf von Harnack, que precisamente en ese instante salía de su casa vieja pero bonita, situada seis edificios más abajo. Iba presuroso y mirando al suelo. Dietrich miraba su reflejo en un charco: cejas finas; ojos fijos, quietos; nariz ancha; labios como un río de poco caudal, pero que al hablar dibujaban letras; orejas ligeramente respingonas. Se pasó la mano por el pelo ondulado y rubio oscuro

y se lo arregló con los dedos índice y pulgar, de una curiosa guisa: aplastando el flequillo hacia la derecha, y marcando con el canto de la mano la raya curva en el lado izquierdo. La verdad es que no le quedaba nada mal. Era el tipo de peinado que en otros jóvenes resultaba ridículo, pero a él le daba cierto encanto.

Tan ocupado estaba en estos menesteres, que tardó bastante en darse cuenta del tropezón del viejo von Harnack que, como andaba mirándose la punta de los zapatos, no vio al muchacho, lo cual hizo que en un golpe ambos tuvieran que apartar sus preocupaciones. Cuando volvieron a la realidad, se sonrieron y se dieron la mano.

- ¿Qué tal el fin de curso, Dietrich? Pareces algo triste –von Harnack tenía una voz alta, sonora. Los pájaros podían salir volando cuando hablaba o tosía.
- A punto de acabarse –el muchacho sonreía poco, aunque cuando lo hacía era pura sinceridad. Se encontraba a gusto con la compañía del teólogo–. Oiga, ¿ha llegado a usted la noticia del atentado contra el primer ministro? –se veía al joven verdaderamente afectado. Comenzaron a subir la calle, porque al caminar es cuando pueden surgir las grandes frases y los pensamientos más profundos.
- Es una pena, una falacia, un crimen, Dietrich... el mundo va hacia la perversión... no sé si acabará tocando fondo más de lo que lo está haciendo... es la maldad del hombre... ¿sabes por qué lo han hecho?
- Por el asunto del tratado de paz... ¿no?
- Aprobado en historia, muy bien... Rathenau fue uno de los pocos que aceptaron el tratado de Versalles –le pasó la mano por el pelo recién arreglado; a Dietrich no le importó–... pero ahora dime... ¿cuál crees tú que es la auténtica razón? No me refiero a un asunto político, sino a... –bajó la voz y adoptó

un carácter confidencial, como si fuera a revelar un gran secreto– ¿qué crees que motivó a ese ser despreciable que apretó el gatillo a hacerlo?

- La maldad... la ira.
- La sabiduría humana... –silencio– el creer que la respuesta está en nuestras ideas, en nuestra política... la paz es una excusa que en realidad ellos no desean ni buscan, puesto que los que nos gobiernan y los que se oponen a los que nos gobiernan viven de nuestra miseria. Ni siquiera la gente de a pie acepta el tratado de paz. Respetan el orden democrático actual, pero no les satisface... somos seres muy limitados... recuerda esto como lo esencial... puede que ahora no te diga nada, pero ya lo tendrás en cuenta: no mires a los hombres, mira el charco... –parados cual postes, y tras ver cómo el hombre se quitaba el sombrero, a Dietrich le pareció ver por primera vez a su vecino en ese espejo con fondo de barro, bajo unas cejas severas y rasgos afilados, tras una calva satinada, detrás de su bigote circunflejo y oculto tras rasgos de anciano siempre pensante, vivía una persona que podía ser muy amable, si se lo proponía–. Ahora ves nuestras imágenes de forma poco clara, y así somos de endebles en realidad... no quedará ni sombra de lo que fuimos cuando la vida termine. Pero el mundo, engañado, se ha tornado en Narciso acariciando sus pensamientos, sean de la naturaleza que sea. Acabemos como acabemos, y cuando finalice la situación de Alemania, habrá heridas abiertas que nunca pararán de sangrar... busca, Dietrich, aunque tengas que pasar por duras penas... ahora tengo que irme... la universidad me necesita.

Dicho esto se tocó el ala del sombrero, que había vuelto a colocarse, a modo de despedida y siguió su camino, como si nunca

hubiera tropezado con Dietrich ni hubiese cruzado palabra con él. Dietrich siguió mirando el reflejo de ambos en el agua, inquieto por lo que acababa de escuchar.

CAPÍTULO 2

Partida

- Al acabar la partida y colocar las piezas en su posición original –comentaba Karl Bonhoeffer a su hijo, el día que el chico se marchaba a Tubinga para comenzar la carrera de teología– aprendes mucho sobre el arte de la estrategia.

Estaban sentados a cada lado de un bonito tablero de ajedrez, hecho a mano, en madera de chopo, con piezas de color caoba oscuro y miel. Jugaban una última partida antes de coger el tren. Karl Bonhoeffer poseía la cátedra de Psiquiatría y Neurología más importante de Alemania, lo cual permitió proporcionarle a su hijo una buena enseñanza. Ahora lo miraba con orgullo e intentaba hacerse el hombre y no llorar; aún no se había marchado el sexto de sus ocho hijos, y ya lo echaba de menos. Era un padre autoritario pero cariñoso. Le encantaba ver a sus hijos aprender.

- Recoges con un peón la barrera que formaste para cubrir a tu rey, o bien las pequeñas avanzadillas –seguía diciendo a su retoño– o el gambito realizado por alguno de ellos...
- ¿Qué era el gambito?
- Es un sacrificio. Usas a un peón como presa para tentar a tu adversario... –le sacudió una pelusa del pelo a su hijo con un gesto líquido– entonces es como si se te quedara colgando de los dedos el fianchetto que protegiste con la torre. La dama, la colocas en su color. O agitas las espuelas del jinete que

ha llevado su pura sangre hacia un lateral. Encuadras cada pieza en su casilla, con suaves movimientos en la base de cada una –cada frase iba acompañada de su parte práctica– y las que no se han movido apenas...

- Se quejan entre ellas... –se sonrieron ambos.
- Efectivamente, pero al final tienen que aceptar que siguen siendo útiles, aunque no hayan hecho sino quedarse en su sitio. Y con esta acción de poner las cosas en su sitio original aprenden, a la vez que tú, cuál ha sido el fallo mental que te ha llevado a un jaque mate.
- Ellas tienen una visión distinta, porque están dentro del campo de batalla.
- Cierto, muy cierto. Pero no son muy distintas entre ellas, ni su esencia en la horrible guerra varía a la que podrías mostrar tú: comprenden que, blancas o negras, sin distinción, pueden sufrir penas y alegrías. Descubres, a la vez, alguna nueva lección que ha crecido dentro de ti; que tu mente se llena. Recopilas en la memoria una interesante jugada y una crucial estrategia. Y cuando todo está en su sitio, blancas contra negras, negras contra blancas, sólo queda polvo y ceniza de la guerra anterior, porque son iguales aunque una parta con ventaja. En la vida ocurre igual: nunca hay suficiente, y siempre hay que pelear por conseguir más y más. Aunque no lo necesiten, los hombres siempre quieren más.
- Y la partida anterior...
- Sale de escena, como...
- Una hoja de otoño con el viento.
- Como una hoja de otoño con el viento. Sólo ves la siguiente partida, la "próxima", esperando quizá una revancha. Creces un poco más, pero cada partida es casi empezar de cero.
- Ya veo.

- Cada día empiezas de cero y tienes que pensar en la siguiente partida, sin creer que eres mejor porque juegas con blancas. Y has de ser prudente si quieres hacer una buena jugada.

Y se quedó el catedrático mirando a un cercano infinito. Nunca perdía el aire de dar una lección magistral. Nunca quería convencer, sino edificar. Esto es lo que se supone que un hombre de su experiencia debería tener: un amor propio y hacia los demás, sobre el que luego basar la tolerancia. Al menos así era en la familia, que ya había pasado por una guerra, donde Walter, el mayor de los ocho hijos, murió tras días de mucho sufrimiento. Los «buenos tiempos», como eran llamados por el matrimonio, estaban acumulando polvo y transformándose en los «felices años veinte». Y en las calles los niños fabricaban castillos con fajos de billetes de una moneda que había perdido casi todo su valor. La buena posición de Karl les permitía, aunque no sin esfuerzo, enviar a Dietrich a la universidad de Tubinga, a estudiar teología. La familia provenía de una tradición de clérigos, algo que no evitó la sorpresa de la decisión de Dietrich, un muchacho tan poco proclive a aceptar la autoridad por las buenas. Pero el amor que se le había inculcado desde antes de tener uso de razón, y la mentalidad abierta de sus progenitores no hicieron sino ayudar a la aventura de estudiar una carrera tan compleja, que luego le traería grandes y hermosos descubrimientos.

Y se quedó la mirada de la madre fija en el cuadro del padre con el hijo. La madre de Dietrich estaba apoyada sobre el quicio de la puerta, mirándoles, con las manos cruzadas sobre el vientre, cubierta con un batín de terciopelo. Los párpados, adormecidos, e iris de color chocolate. Una sombra bajo su nariz respingona que arropaba sus labios ligeramente cortados por el frío; sombra que la relacionaba con la oscuridad de la casa en penumbras que ha madrugado antes que nadie. Aún no se había ido su retoño, y ya lo echaba de menos; igual que su esposo. Si bien ambos eran seres opuestos en muchos aspectos, en cuanto a la educación de sus hijos tenían completamente la misma visión: sus hijos nacerían en un hogar en el que el respeto no fuera una utopía. De hecho, era una familia única en una sociedad en la que la frustración y la incomprensión se hacían cada vez más patentes. Era un hogar unido en un país fragmentado. Dietrich fue a la habitación de su abuela y la miró unos instantes. Era increíble lo mucho que admiraba a esa mujer, que contagiaba su carácter fuerte al resto de la casa. Él no lo sabía, pero ella llevaba ya horas despierta y haciéndose la dormida, y pidiendo a Dios que su nieto llegara con bien a su destino. Tras despedirse de cada una de las habitaciones de la casa y mirar el reloj de pared y el suyo de bolsillo, se limpió los ojos y se metió el pañuelo en un bolsillo.

En la estación, la ceniza de los puros de los caballeros, el humo de los trenes que ocultaba los raíles, las voces y los pitidos anunciando la próxima partida, y el incómodo sentimiento de la despedida, formaban en su conjunto una bella fotografía en blanco y negro de una época sombría. Parece que el mundo era en blanco y negro entonces. Sería la primera vez que Dietrich viajaría fuera de casa, lejos de la familia, y durante una temporada tan larga. En su primer año de carrera no tendría mucho tiempo de echar de menos a su familia, porque tendría que trabajar duro y los profesores eran tremendamente exigentes. Resonaría el «sangre, sudor y lágrimas», que le acompañaría siempre. Aún no se había marchado, y ya sentía una pálida melancolía; o un estremecimiento que formara parte del pasado y que se disipara con el aire.

CAPÍTULO 3

El grano de mostaza

Hacía un frío bárbaro en Tubinga, entonces una pequeña ciudad de apenas sesenta mil habitantes, que hoy pertenece al estado de Baden-Württermberg. Aunque con un precioso cielo y una tranquilidad que Berlín no podía proporcionar, no ofrecía apenas otra atracción que los alrededores de su universidad. Tras las ventanas empañadas, en una de las habitaciones de los estudiantes residentes de la universidad, un joven Dietrich escribía. Hizo una parada y releyó, tachó y escribió entre las líneas con una barra de grafito sepia.

Detrás de cada objeto suele haber una historia. No tiene que ser especialmente impactante ni conmovedora; pero no por ello deja de ser importante para quien la conoce. La máquina de escribir de Dietrich era de cuarta o quinta mano, de las silenciosas, de teclas redondas, y daba algunos problemas con la r. Era una de aquellas que se fabricaban del material sobrante de los primeros carros de combate, los Mark I británicos. Como la ropa que se hereda de un hermano mayor, la máquina de escribir pasó por varias manos antes de las suyas. La adquirió su padre dos años atrás, de un colega catedrático, que por su artritis acabó dejándosela a buen precio, al cual acabó por añadírsele una docena de huevos blancos y suaves, más un kilo de patatas rojas y ásperas.

Contempló la máquina, cuyas teclas se encontraban dispuestas de la siguiente manera:

0 1 2 3 4 5 6 7 8 9 ! ? ( ) &
A B C N E F G R I J
T L W D X P Q H S
K U V M O Y Z . , ' β - ⇧

Cuando se crearon las primeras máquinas de escribir, las teclas se organizaban siguiendo el abecedario. El problema fue que la gente se acostumbró tan rápido a teclear, que las varillas se trababan, así que alguien sugirió alterar el orden de las letras. Tras distintas variaciones, se llegó a la disposición actual. La máquina de Dietrich era una de esas variaciones, y había adquirido cierta destreza pulsando las teclas. Estaba en buen estado, pero había que limpiar de tinta parte del engranaje. Fue entonces cuando dio la vuelta a la máquina y encontró el trozo de papel. Estaba enrollado meticulosamente y bien escondido. Tras hurgar un poco consiguió sacarlo sin romperlo, lo cual le costó llenarse de tinta los dedos índice y corazón. Fuera quien fuera el que puso allí el papel, no le interesaba en absoluto que otro lo leyera. Los ojos de Dietrich se pusieron como platos al leer el papel, que estaba escrito a mano, con caracteres torcidos:

¡Mira! He de llorar y lamentarme ante ti,
aunque el alma, recordando tiempos
más nobles, avergüénzase, pues tanto,
tanto tiempo en los senderos opacos
de la tierra te he buscado,
acostumbrado a tu presencia,
por caminos extraviados.

¿Cómo había llegado ahí un fragmento del «Lamento de Menón por Diótima», de Hölderlin? Todo apuntaba a que estaba escrito de puño y letra por el mismo poeta, con letras hirientes. Alguien lo había puesto ahí, y ahora poco parecía importar este descubrimiento. Cuando Hölderlin falleció en aquel manicomio de Tubinga, que ya había sido derrumbado, aún no existían las máquinas de escribir como la que Dietrich tenía ante sus ojos. Una broma parecía estar gastando el viento que empuja los actos de los hombres. El caso es que un papelucho como ése cambiaba totalmente la forma de ver a la especie de baúl en que se había convertido la máquina de escribir. Son pequeños misterios que le dan valor a un objeto y que, simplemente, suceden. Lo peligroso, o lo bello, es cuando lo que sucede nos toca de cerca o nos obliga a decidir.

Dietrich se separó de su diminuto escritorio, algo cansado, y caminó un poco por su habitación oyendo el eco de sus suelas. Miró por la ventana para ver el frío sobre la ciudad. Desde su ventana tenía una vista privilegiada de la nieve y de las casas que rodeaban la universidad. Casas bajas y espaciosas, con sus tejados parcialmente cubiertos, cuyas ventanas más bien parecían motas de color negro sobre un paisaje a medio pintar. Se sentó en la cama y miró fijamente una sombra bajo el escritorio. Entonces, como al mirar una estrella y darte cuenta de que la ves más brillante cuando fijas tu atención en la que la acompaña, se percató de que era algo que habían escrito en el suelo. Gateó hasta meterse bajo el mueble, como cuando perseguía a su hermana Sabine en su infancia. Alguien había dejado su firma con una navaja en la tarima. Sopló y tras quitar la fina capa de polvo pudo leer, con los mismos caracteres que en la nota de Hölderlin, un nombre: **FRIEDRICH**. Bajo el nombre, tras entrecerrar los ojos lo suficiente, descubrió algo más: **SOY UN GRANO DE MOSTAZA QUE SE PIERDE**.

En algún recoveco de la mente atormentada, del alma en pena de Hölderlin, había llegado a comprender, o quizá sólo a

vislumbrar, que no estaba demasiado cuerdo. Entre sus crisis esquizofrénicas pudo dejar salir al Hölderlin que debía ser, aunque fuese un personaje solitario y algo retraído. Un Hölderlin que creía, que quería, que se esforzaba por comprender, que cometía errores, y que consiguió grabar su breve testimonio en un trozo de suelo. Una vez más, aparecía un detalle con una historia desconocida, y dejando una estela umbilical a su paso. Las cosas no suceden porque sí, no ocurren porque la vida es así. Consciente de ello, Dietrich comprendió cuál era su cometido: que los granos de mostaza que pueden transformar al ser humano no cayeran en piedra, o entre espinas. Que su misión era defender la verdad. Dedicaría sus esfuerzos a escribir febrilmente, a compartir su fiebre por que el mundo no se perdiera. A hablar de un Dios no encadenado a una nube viendo cómo su creación se autodestruía y renegaba. Pensaba salir a perder sus pasos entre la nieve y rehacerlos después. Pero sus fuerzas estaban renovadas, y vacía también se encontraba su mente de cualquier ímpetu egoísta.

CAPÍTULO 4

Roma, caput mundi

El Borgo Pío tenía sus días contados. Dietrich sacó un pañuelo y se secó la frente. Ante él, se extendía un muro que en breve Mussolini abriría (en realidad lo harían unos obreros) para crear la Via della Conciliazione, una amplia avenida donde podría pasearse en su coche, pronunciar sus discursos desde un balcón que se habilitaría para ello, y ser venerado por las multitudes. Una vía que llevaría directamente a la plaza de San Pedro y que anunciaría la grandeza de Roma desde bien lejos. ¿Grandeza?, se preguntaba Dietrich, que ahora miraba el obelisco en el centro. Llevaba un tiempo visitando la ciudad con su hermano Klaus, y ambos habían guardado una gran ilusión para este viaje que ya se terminaba. Le impresionó profundamente el Museo Vaticano y ver el grupo escultórico del Laocoonte. Esa lucha contra las serpientes, el gesto forzado, las imperfecciones del cuerpo que peleaba ya eternamente... Necesitaba pensar, así que se asomó al Tíber. Meditó largamente en lo visto hasta el momento en esta ciudad, tan bella pero al mismo tiempo tan descuidada. Igual estaba pasando con la Iglesia: era una belleza que estaba dejándose llevar por las aguas turbulentas de la historia, por los devaneos de personajes egocéntricos y crueles. En ese momento pensó que todo podía ir a peor, y se ensombreció su mirada, perdida entre las aguas del río. Se sintió clavado al suelo. Admiraba enormemente la universalidad de Roma, su enormidad. En su Alemania el catolicismo era una minoría insignificante, así que cuando vio una iglesia tan grande, con un concepto tan diferente del que

siempre había vivido, se sintió no menos que abrumado, impactado. Lo importante no era la grandeza o la pequeñez. Lo que de verdad sentía no era el poder de un imperio, sino el auténtico alcance de la capital italiana.

Poco tiempo antes asistió a la celebración del Domingo de Ramos y fue el primer día que comprendió y se le reveló algo real y propio del catolicismo: las gentes con las hojas de palmera, caminando y llenando el aire de un murmullo nada arrogante, sino recogido, sentido desde dentro... lámparas antiguas de aceite colgaban de muchas casas y se respiraba una belleza y melancolía apartada de todo torpe romanticismo, con un origen y un vivir común... cuando Dietrich presenció aquello, como pondría después en su diario, comenzó a entender lo que significa la «Iglesia», la vida en comunidad... todo ello paseando por calles que habían sustituido el suelo empedrado por hojas pisadas, creando una especie de conjunto de capilares verdes.

Deseaba por ello que la iglesia universal volviera a sus raíces: a su amor por los granos de mostaza desperdigados. El lugar del cristiano era el de perseguido y no el de perseguidor, se recordó. Como teólogo, se recordaba por una parte que tenía que profundizar, que tenía que entrar en la estructura eclesial y conocerla a fondo. Como ser humano, se decía una y otra vez que debía denunciar los abusos y enormes fallos cometidos en la historia. Como alemán, recordaba a su padre criticando a los incipientes grupos de «cristianos alemanes» que estaban empezando a predicar su mensaje de fuerza y supremacía de la nación, aunque las críticas más feroces iban a la religión que era capaz de firmar acuerdos con los nacionalsocialistas. Como cristiano, como alguien que busca a Dios en primer lugar, se decía que Dios es el que juzga, pero que él, Dietrich, hablaría a favor de la verdadera cordura. Se dio cuenta, mientras miraba al sol que teñía de naranja el cielo y la cúpula, y la tierra y sus ojos, que en realidad se trataba de volver atrás para poder avanzar, y no limitarse a mirar a una figura que, por muy consistente que fuera, no tenía poder terrenal para callar su voz, al menos de momento... no, su trabajo sería prepararse y escuchar, para ser un liso y profundo espejo de lo que Dios era para él, y no el reflejo como de las aguas que ahora estaban a sus espaldas. Aguas que ya empezaban a sufrir por la contaminación que les infligía la ciudad de Roma, otra vez, bella pero descuidada.

¿Por dónde empezar a investigar? Era imprescindible una verdad de fondo que sentara las bases de todo su pensamiento. Una verdad con la que coincidiera, incluso con su vida si era necesario. Sabía que la verdad venía de Dios, que Él es Verdad; y que tenía que buscar la verdad, Su Verdad Absoluta. Tenía esa Verdad Absoluta puesta en papel, en una diminuto ejemplar de la Biblia de Lutero de bolsillo, de letra pequeña; «de camuflaje», como gustaba nombrarla. Para él, abrir la Biblia era hacer un nuevo descubrimiento cada vez. Seguía buscando un principio por el que empezar, y que sirviera para llamar la atención sobre la realidad. No quería ferocidad, sino un impacto que cambiara cosas. No le importaba hacer lo que fuera por los que no han caído en el engaño de que no es necesario creer en nadie; pero sí habían caído en aquel otro de dar su obediencia a la tradición y otros dioses terriblemente sutiles...

Se acercó al río y mojó sus manos. Se echó agua en la cabeza y en el cuello para mitigar el calor un poco. Aclaró sus ideas. De pronto comprendió que lo que se proponía era algo importante. Porque ni siquiera muchos de sus compañeros iban a entender del todo sus planteamientos. Volvió a pensar en sus palabras de respuesta a la actitud de su padre y sus hermanos de disuadirlo de su inclinación por la teología: *Yo reformaré la iglesia*, contestó. Y en esta ocasión se lo repetía a sí mismo. Miró hacia arriba y los muros de mármol y pesada piedra respiraban silencio; un silencio que no se rompió ni siquiera con los acontecimientos venideros.

Una sombra cruzó detrás de él. Se giró y vio a un hombre con ropas de espeleólogo.

- Ciao, Luca...
- Salve! Come sta?
- Così, così... grazie. Dov'è...?
- Qui vicino...

Luca se giró sin más comentarios. Luca era, como a él le gustaba autodefinirse, un «sotterràneo», un espeleólogo profesional cuyo trabajo era caminar por las profundidades de la ciudad. Roma esconde otra ciudad diferente bajo el suelo. Una ciudad que no suele aparecer en las fotos. Un circuito de cloacas y de otros monumentos, de otros muros. De vez en cuando una de las calles de esa otra ciudad se atascaba y Luca se encargaba de abrir otra vía, otra calle. A veces el trabajo no era muy agradable, y había que soportar duras jornadas en la oscuridad y con el aire corrompido. Pero merecía la pena el esfuerzo. Tenía la oportunidad de ser descubridor de algunos frisos, o de algunas pinturas que habían pasado cientos e incluso miles de años sin que nadie más las hubiera visto.

Cruzaron el río, caminaron unos minutos, y llegaron hasta la via della Scrofia. Allí había un pequeño edificio de muros marrones y blancos, con el número 43 en la puerta. Entraron y a la derecha del descansillo había una puerta diminuta. Tuvieron que empujar la puerta entre los dos, para que cediera. Bajaron una interminable escalera de caracol y Luca sacó dos linternas. El aire era completamente distinto en las profundidades.

- Estamos en el corazón de Roma, ¿verdad? –preguntó Dietrich, y Luca asintió.

Recorrieron un pasillo no excesivamente largo, hecho con muros muy poco trabajados. A los pocos minutos entraron, sin avisar y sin preparar su vista, a una sala amplia, pero en la que cabrían unas setenta personas bien acopladas. Desde otro pasillo entraba una corriente de aire fresco, que se juntó con una pequeña lágrima que brotó de un ojo. Dietrich se encontraba un poco fatigado, pero a la par emocionado. Se encontraba en uno de los cinco lugares de culto cristiano del siglo primero, que aún se conservaban casi intactos. En uno de esos cinco lugares que se dispersaban por toda la ciudad, comunicados entre sí por una red inabarcable de corredores. En una de las paredes alguien había escrito "quien quiera entrar aquí, que vaya bien provisto de luz para no perderse". Sabía que podía dar una nueva visión de lo que significa la Iglesia. Había comprendido aún más, sólo con el cuadro que tenía ante sí, la complejidad del cristianismo, y sintió compasión. Al día siguiente partiría de Roma, y para entonces encontraría una palabra que le empujara a moverse, a reflexionar, a buscar. Ahora, al contrario que hacía un rato, se sentía más ligero. Había venido a Roma con una carga que le dolía, porque creía que aún la actitud de la Iglesia podía cambiar y, aunque la carga había incluso aumentado, era más como un yugo suave. Un yugo que tenía que empezar por él mismo. Era necesario hacer un trabajo de reflexión de su propia vida, de examinarse a sí mismo. Tendría que apropiarse incluso de la culpa, sentirse auténticamente responsable y consecuente con sus actos. A partir de entonces su primera acción del día sería hablar con Dios, y hacer balance por la noche, con aquel techo como testigo de sus actos. Y la historia en la que iba a entrar le ayudaría más de lo que era capaz de imaginar.

Al salir a la superficie echó un último vistazo a la basílica de San Pedro y sintió un fino pinchazo en el corazón. Subió al tranvía rápidamente y trató de deshacerse de aquel sentimiento. La palabra que buscaba era encarnación... pero ya llegaría el momento de pensar en ello.

CAPÍTULO 5

Encuentro con Bertolt Brecht

Casi llegó tarde a coger el barco. Sus padres, su hermano Karl-Fiedrich y su abuela le esperaban con gesto de impaciencia. Se había retrasado más de media hora. Más valía que tuviera una buena excusa. Y ciertamente, la tenía. Había tenido un casual y emocionante encuentro que nunca se repetiría, lo suficientemente importante como para hacerle perder la noción del tiempo...

Hacía buen tiempo. En principio, Dietrich llegaba a su destino con espacio de sobra. Se sentó en el suelo de la calle un momento, apoyando la espalda contra la pared de su casa. Agachó la cabeza y cerró los ojos, pidiendo a Dios que cuidara del barco. Nada más abrir los ojos vio justo enfrente a alguien que le resultaba conocido, el cual también lo estaba mirando, de pie, pero como si hubiera estado caminando con prisa y, al ver a Dietrich, se hubiera congelado de repente. Colgaba de sus labios un puro, cuyo humo dificultaba aún más su reconocimiento. Se acercaron.

- Bertolt... –dijo Dietrich.
- Bonhoeffer –asintió Brecht.

Se trataba, en efecto, del dramaturgo. Estaba un poco pálido y delgado, pero parecía saludable. Se encontraba enfundado en un traje de rayas marrón con un sombrero que parecía hecho de la tela sobrante del pantalón. El traje le quedaba un poco grande, como si acabara de comprarlo y no lo hubiera llevado al sastre.

- ¿Me conoce? –Dietrich estaba impresionado.
- He leído su tesis... me ha resultado... interesante –esto le impresionó aún más–. Tengo un amigo... un sacerdote que me consiguió una copia, manchada de café, pero aun así... –sonrió–. No encuentro muy entretenido leer tesis doctorales, pero mi amigo me insistió mucho. ¿Sabe que tiene ya algún admirador y también detractores?

No podía asimilar la cantidad de información que se agolpaba sobre él. No sólo se había encontrado con un dramaturgo que, al igual que él, cambiaría vidas (aunque de forma distinta), sino que se habían reconocido –o extrañado, si seguimos la terminología de Brecht (que, por cierto, cogió el puro y lo pisoteó)–. Ambos se dieron por fin la mano.

- Parto para Nueva York en un rato... –empezó Dietrich. Podría haber empezado de otras mil maneras diferentes, pero en ese momento sólo le salieron esas palabras, que realmente no tenían por qué interesarle a nadie salvo a él y a los suyos.
- Ah, la tierra de la libertad la llaman... bueno... llegará un momento en el que ni allí los que amamos la libertad estaremos a salvo... ¿no cree?
- Eso parece, desde luego...
- El día que los nacionalsocialistas ganen las elecciones, ese día yo también buscaré un pasaje para huir de aquí... a Nueva York, o donde sea; cuanto más lejos, mejor...
- ¿Y qué hará donde esté?
- Periódico, café, pluma, paseo... he descubierto un pasatiempo muy interesante. Coja un periódico y recorte una fotografía, la de portada por ejemplo –escribió alguna frase en el campo visual de Dietrich–, y después trate de componer un poema

debajo, de no más de cuatro versos. Algo que enriquezca la fotografía. Verá cómo se divierte. Verá qué tranquilidad y qué libertad encontrará allí.

En ese momento, le pareció que a Brecht se le iluminaba el rostro y su nariz y pómulos proyectaban sombras que tapaban la mitad inferior de su cara. Estaban congelados frente a frente. Compartían un sentir común sobre la situación del país, a pesar de sus evidentes diferencias.

- Hace ocho años estaba sentado en una cervecería con unos amigos y en una mesa próxima estaba sentado un Adolf Hitler que ahora oímos mucho, pero que entonces sólo era un actor que tomaba clases con Fritz Basil –Brecht describía un hecho ocurrido hacía bastantes años con total claridad, como si lo viera en el escenario de su cerebro–. Al principio nos divertía verlo gesticular y hacer aspavientos... ahora no me divierte tanto... no me da confianza alguna.
- Poner la confianza en alguien así, en esos valores tan radicales... más preocupados por los asuntos temporales que por lo verdaderamente importante... puede que solucione el problema de Alemania con la economía... pero estoy convencido de que esto tendrá un precio.
- Espero que no... Dios no lo quiera...
- El problema es que la voluntad del ser humano no suele coincidir con la de Dios. Creo que hace falta una lluvia de varios días que limpie la voluntad de los hombres.

Brecht lo miraba serio, pensando lo que acababa de comentar.

- Eso que dice es muy profundo... Una lluvia que limpie de verdad... me gusta... –se lo repitió mentalmente varias veces–. No quiero distraerle, tiene que irse, me gustaría mucho continuar esta conversación... pero no me gustaría despedirme sin darle las gracias por la conversación. Me ha parecido que éramos dos extranjeros hablando de un lugar que visitaron hace tiempo y ya no lo reconocen.

- ¿Quiere saber un secreto? Somos extranjeros de este mundo, de este siglo... no deberíamos pertenecer a esta sociedad que vemos... pero estamos aquí, y desde el epicentro es donde nace el terremoto, no desde las afueras. Por otra parte, la idea del terremoto me hace pensar que algo va a conmover el mundo... que si acabara en una pérdida de la fe, me entristecería mucho. Además, el sufrimiento no tiene por qué venir para hundirnos aún más... Dios nos da la vida eterna... pero ¿qué ocurre? Nos quedamos con que nos da la vida a secas, y a partir de ahí, el resto se va inventando. Creo que si el sufrimiento no viene sin aprendizaje, no debería convertirse en un tabú y mirar a otra parte. Va a venir el sufrimiento si no hacemos nada para cubrir la necesidad de creer de la humanidad... estoy seguro.
- Vaya, me resulta bastante interesante. Buen viaje. Cuando vuelva le diré si tiene razón o no –le volvió a estrechar la mano.
- Gracias –le pareció que Brecht estaba considerando todavía lo que había escuchado antes. Miró el reloj y vio que llegaba tarde.

Cogió su maleta y, arrastrándola, echó a correr, mirando de vez en cuando atrás. En todas las veces que se giró para mirar, vio a Brecht que lo observaba alejarse a toda prisa. El encuentro esperado nunca se produciría después, pero Dietrich había hecho pensar al dramaturgo, al menos había logrado eso... Es posible que Brecht tuviera en mente esta breve conversación al decir algunos años más tarde que a una buena persona no se la reconoce tan fácilmente como se puede reconocer un buen pasaporte, que es la parte más noble del ser humano. ¿Reflexionaría más profundamente Brecht sobre el sentido de su vida, sobre su extranjería sin pasaporte en este mundo a la que debe aspirar todo ser humano con una inquietud espiritual (o sea, todos, de una forma u otra)?

Dietrich corría velozmente, jadeante, esquivando a personas, esquinas, y heces de perro hasta llegar al muelle, donde le esperaba la familia impaciente, reloj en mano. La familia de Dietrich ya estaba empezando a acostumbrarse a los viajes del joven por todo el mundo. Tras viajar a Roma y Barcelona, ahora se embarcaría para Nueva York, a continuar sus estudios. Este viaje tenía otro aire: estaban seguros de que a su vuelta, Dietrich sería otro hombre distinto al de ahora. La abuela se le acercó, justo antes de subir al barco, y le cogió la mano. Le abrió el puño y puso un pañuelo abultado en el centro mismo de la palma.

- Abuela, no... tú lo necesitas más –replicó.
- Cógelo, cariño. Lo he estado ahorrando desde que saliste la primera vez de Berlín –le brillaban los ojos.

Dietrich la miró como cuando le obligaba de niño a comerse los guisantes. Pero así era Julie: capaz de darlo todo e imposible de convencer si se empeñaba en algo. Tres años después, con noventa y un años, fue a comprar a una tienda de ultramarinos que regentaban unos judíos y dos guardias de las SA le cerraron el paso.

- Aquí no se puede pasar, señora –dijo uno, poniéndole la mano en alto.
- ¿Qué pasa? –preguntó ella, mirando por encima del joven oficial al interior de la tienda, que estaba en penumbra.

- Pasa que está prohibido... es la ley –contestó bruscamente el guardia, que ahora le ponía la mano en el brazo a Julie–, así que vaya dos calles más abajo. No se puede entrar en ninguna tienda que esté marcada –y señaló los cristales empañados de la tienda que mostraban la estrella de David pintada de blanco.
- Oiga usted, joven... quite sus manos de mi brazo ahora mismo... está hablando con una persona mayor y hay que respetar a los mayores –el oficial apartó la mano en el acto. Y escuche atentamente: llevo viniendo a la tienda del señor y la señora Bloomberg desde hace veinticinco años. Siempre me han tratado justo al contrario que usted, es decir, con consideración y simpatía. Y no voy a renunciar a comprar aquí por un caprichito del Führer. Así que hágase a un lado.
- Pero es que son las normas, y no puedo dejarla entrar... –dicho esto, intentó frenar a Julie, que ya tenía un pie dentro de la tienda. La señora se giró y con su coraje de noventa y un años comenzó a golpear con el bolso al de la SA, que se protegía patéticamente cubriéndose la cabeza. Para entonces ya se había concentrado una buena cantidad de curiosos que observaban divertidos la escena.
- Vamos, Ulrich, deja que entre la señora, que compre y se vaya –otro oficial se acercó y sacó a su compañero del lío.
- Está bien –dijo Ulrich, recomponiendo su uniforme y compostura–. Compre lo que sea de una vez.

Así era Julie. Una auténtica Madre Coraje. No estaba dispuesta a ceder y no pudieron hacer nada. Al final compró dos docenas de huevos y 300 gramos de harina y les regaló a los Bloomberg, con un guiño, dos cartones de cigarrillos y caramelos para los niños. Con ese mismo guiño que resultaba totalmente incontestable, le dio a su nieto unos cuantos ahorros envueltos en un pañuelo. Y un beso tranquilo. Dietrich terminó de despedirse de su familia y subió al barco. Se asomó y vio un riachuelo de gente haciendo gestos de adiós con las manos. Localizó a los suyos y agitó el brazo. Vio también a Brecht, como un fantasma entre la multitud, un poco más atrás, que le saludó para desaparecer también entre la gente. Un pitido del barco ahuyentó a una bandada de pájaros que pasaba cerca, anunciando que zarparían inmediatamente. Ahora la bandada se reagrupaba mientras ganaba altura, formando primero una Osa Mayor, Orión después... y otras constelaciones diferentes que no daba tiempo a definir. Se levaron anclas y escalas, los pasajeros iban descubriendo la barandilla blanca del barco y se convirtieron en otra bandada que se dispersaba.

CAPÍTULO 6

Harlem

La crepitante iglesia estaba situada a tan sólo dos calles de Sugar Hill, al oeste de Harlem. La depresión obligaba a los propietarios a incendiar sus propiedades para cobrar los seguros. Y esta crisis también llegó a la capilla de St. Peter's, o la «mainstream chapel», como la llamaban los vecinos. El barrio no estaba del todo limitado y era la única considerada fuera de Harlem, pero propiedad del barrio, compuesta en su totalidad por gente de color. Para Dietrich, era un oasis en su decepción ante la situación de la iglesia en el Nuevo Mundo: la de un «protestantismo sin reforma», una iglesia hecha a medida de lo que cada uno buscaba; conformismo y falta de interés en la vida en comunidad que Dietrich buscaba... La visión del cristiano que Evans proclamaba y su amistad con algunos profesores y alumnos en el seminario, le daban un respiro en su carga por la situación espiritual americana; sufría, pero momentos como éste le hacían olvidar todas las penas, porque se sentía libre; sentía que estaba aprendiendo bastante más que sentado ante un duro banco.

La «mainstream chapel» era llamada así por los músicos de su coro, que en su totalidad provenían del mundo del jazz; su batería, Travis, incluso había tocado con grandes músicos en el *Cotton Club*, o en el Minton's. Gente como King Oliver, Johnny Dodds, y Duke Ellington, originarios de Nueva Orleans que habían pasado por el tamiz del estilo de Chicago... de vez en cuando acudían al

Cotton otros músicos desde San Louis y Memphis, a la vez que surgían cantantes de voz aterciopelada y melosa como Ella Fitzgerald, o la eterna Billie Holliday... Travis llevaba ahora un cubo de agua enorme y, al pasar junto a Philip Payton, el conocido agente inmobiliario que estaba reanimando la zona y ahora se echaba impotente las manos a la cabeza, puso mal el pie, tropezó y derramó todo el líquido, que bajaba empapando la empinada calle. El agua mojó los pies del pastor Evans, que iba en pijama y ayudó a Travis a levantarse. En la Nueva York de entonces, un incendio era un espectáculo que aliviaba el aburrimiento y la inhabilidad del paro, epidemia que afectó a la mayor parte de las familias.

- ¡Algún día morirá alguien y se acabarán los incendios! –gritaba Payton, furioso– ¿Creéis que el alcalde va a permitir mucho tiempo esta situación?
- ¡Calla, Phil, y echa una mano! –Evans echó agua en la escalera de entrada, que era lo que más ardía, ya que era la única parte de la construcción hecha totalmente de madera–. ¿Sabes que tu alcalde quiso interrumpir nuestro servicio el domingo?
- Yo no digo que no emplees la justicia... sólo digo que ya se está notando el fraude –Payton escupió en el suelo–. Lo estoy advirtiendo: esto no es forma de dar ejemplo.
- ¡Hola Phil! –Payton notó otro empujón y ahí estaba Dietrich, cubo de agua en mano. Al correr, se derramaba más agua de la que luego caía en el fuego, pero lo importante era divertirse. Tras derramar agua sobre las llamas, se apoyó, tosiendo por el humo, sobre su amigo Frank Fisher.
- ¡Ah, genial, sí señor! Dos estudiantes del seminario predicando con el ejemplo... ¡estás muy lejos de casa, blanquito, no te juntes con esta gente!
- No seas aguafiestas –dijo Evans–. Sabes que tenemos que autofinanciarnos y ahora mismo ésta es la única forma de

mantener la iglesia a flote. Diles a tus amigos burócratas que den alguna ofrenda para sostener el templo, en lugar de irse de copas al Minton's.

- No soy aguafiestas, soy un amigo que no os merecéis. ¿Vas a firmar el parte, o no? Son las dos y quiero dormir tranquilo esta noche –Payton le tendió la hoja y Evans la firmó sin leerla–. Gracias. Buenas noches –y se fue arrastrando los zapatos.
- ¡Dietrich, Franky! ¡Será mejor que volváis a vuestro cuarto, antes de que Niebuhr descubra que os habéis escapado!
- Niebuhr estará de acuerdo –le espetó Frank.
- Sí, pero no en horas de sueño, así que a la cama. Además, Dietrich, no conviene que te vean a estas horas de la noche por el barrio.
- Está bien –Dietrich y Frank dejaron los cubos y corrieron a su habitación en el Union Theological.

La ventana de la habitación que compartían los dos alumnos estaba en un primer piso. Dietrich levantó la hoja de la ventana y colocó un trozo de cartón en la guía, para evitar que la ventana se convirtiera en guillotina. Frank entró y ayudó a su amigo. Quitaron el cartón y dejaron caer la hoja lentamente, sin hacer ruido. Se giraron y ahogaron un grito. En la única silla que había en la habitación, entre la penumbra, vieron que había sentado un hombre. El bulto tosió.

- Buenas noches, señores –habló el bulto, sin eco.
- Niebuhr –dijo con tono de alivio Frank, aunque enseguida se puso tenso otra vez. Los había descubierto. Dietrich y él estaban tan nerviosos que casi podían oír el sudor saliendo por los poros.
- Es un poco tarde para visitar museos... o iglesias, ¿no les parece? –se oyó cómo cambiaba el peso de sitio, removiéndose en la silla.

Los dos escapistas se metieron en la cama con las ropas puestas. Niebuhr se puso en pie y paseó por la habitación.

- No es que les reproche su interés por ayudar al prójimo extinguiendo incendios –aunque no estaban seguros, le oyeron sonreír–, pero el director sabe que hay algunos alumnos que dedican las horas de descanso a salir fuera... si esto continúa así, yo ya no podré cubrirles, ¿lo entienden?
- Sí, señor.
- Sí señor.
- Bien... ahora a descansar... tienen sólo cuatro horas para dormir –abrió la puerta y se recortó su silueta en el umbral–. El evangelio es acción, pero también es prudencia cuando hay que ser prudente, e inteligencia cuando hay que ser inteligente... ¿me explico?
- Sí, señor.
- Sí señor.
- Buenas noches.
- Buenas noches.
- Buenas noches, señor.

Con un susurro se quedaron a oscuras otra vez. Tenían tanto miedo de salir de la cama que pronto se durmieron vestidos con las ropas oliendo a humo, y agotados por las emociones del día.

Les despertó el ruido de la calle, amplificado por unos gritos de impresión. Se incorporaron y vieron que las sábanas estaban sucias. Abrieron la ventana y un grupo de gente se concentraba alrededor de algo que no podían ver. La curiosidad hizo que se levantaran de un salto. Corrieron por los pasillos, siguiendo a un grupo de alumnos que también habían oído el ruido y se apresuraban para mirar, antes del desayuno. Al llegar, percibieron que el grupo era más numeroso del visto desde su ventana. Consiguieron colarse y lo que vieron les cortó la respiración: un chico de unos veinte años, negro, estaba tumbado boca abajo, con las muñecas atadas por una gruesa cuerda y puestas hacia adelante, sin camiseta. Al lado había escrito con una sustancia negruzca y reseca: **BUCKWHEAT.** Dietrich se volvió a su amigo, que miraba para otro lado y se frotaba los ojos con la manga de la camisa. Era el cuarto muchacho al que mataban en el mes de la misma forma: era atado a un coche y arrastrado por toda la ciudad hasta desangrarse. «Buckwheat» es el fruto de una planta, de color negruzco, que en España se utilizaba para hacer el pan negro tan común de la posguerra; lo sabía porque lo había probado estando en Barcelona. Aquí era un insulto más, como la expresión *"if you're black, get back"*, consigna repetida una y mil veces por el Ku Klux Klan. La tensión podía cortarse en el aire. Algunos se santiguaban, otros respiraban entrecortadamente, otros maldecían en voz baja; otros lloraban, otros movían las manos mientras contaban los muertos; otros, simplemente, estaban y no estaban allí. Dietrich pedía perdón en silencio por el error de los que cometieron el crimen. Recordó sus conversaciones con Frank sobre el racismo y los últimos actos crueles cometidos en Harlem contra gente de color. Frank decía que era una consecuencia más del miedo del hombre blanco frente al de color, que era hombre de igual manera; de hecho, ése era el centro de la teología de carácter social que estaba desarrollando. Harlem se enfrentaba a dos plagas: el paro y el racismo. Dietrich, aunque en gran parte estaba de acuerdo con que el racismo es consecuencia de la frustración y del miedo ilógico a una raza como la afro-americana, sostenía que los tres asesinatos acontecidos anteriormente eran casos aislados. Ahora se dio cuenta de su equivocación: la maldad no son hechos aislados, sino que lo pudre todo. Quería realmente dar alguna palabra de ánimo a su amigo, pero no podía. No tenía qué decir sin que sonara a hueco, o a áspero.

- Frank... eh...
- No... no digas nada... –a Frank le resbalaban las lágrimas por las mejillas, pero su voz sonaba tranquila– Dios es justo... Dios es justo, ¿verdad?
- Sí... otra cosa no sé, pero de eso estoy seguro.

Niebuhr salió a recoger a los alumnos del seminario. Había que volver. Dietrich cogió a su amigo del brazo y le ayudó a moverse. Niebuhr miraba desolado la escena, moviendo lentamente la cabeza. Ni siquiera se dio cuenta de que sus alumnos predilectos pasaron por su lado. Se pasó la mano por la cara y la metió en el bolsillo del pantalón. Se giró y llamó a Frank.

- No saben lo que han hecho, Frank...
- Sí... lo sé.
- Confía en Dios, Frank... deja la ira a un lado.

Dietrich se fijó bien en su amigo, que tenía los puños apretados de rabia. Sudaban. Su amigo se relajó y todos también lo hicieron. Puso la mano en el hombro de Frank y le abrazó. Niebuhr cerró la puerta y se quitó una lágrima del borde del ojo.

- ¿Hasta cuándo? –suspiró.

CAPÍTULO 7

La interrupción

Dietrich bebió un largo trago del vaso de agua que tenía a su lado. Se acercó al púlpito y apoyó las manos a ambos lados del atril, contemplando la Biblia abierta por el evangelio de Mateo. Recordó sus clases de predicación y de inmediato se puso recto, ya que no era apropiado apoyarse sobre un púlpito, según decían sus maestros. Miró al frente: seiscientos ojos miraban directamente cualquier gesto que pudiera hacer; cualquier palabra que saliera de sus labios sería meditada y oída, y también criticada. Moralistas y progresistas, conservadores y liberales, todos prestaban atención. Quizá por eso se reconoció en seguida su capacidad para el trabajo ecuménico; nada más volver de Nueva York fue nombrado secretario de juventud de la «Alianza mundial para la labor de amistad entre las iglesias». El último año había estado muy ajetreado y llevaba semanas acusando cierto cansancio. La situación en Berlín cambió mucho mientras estuvo fuera. El nacionalsocialismo alcanzó mucho éxito entre la población. Logró convencer a mucha gente de que el régimen democrático de la última década había sido un fracaso y por eso se explicaba la crisis económica. En una carta de Klaus en la que explicaba a su hermano las últimas noticias se hablaba ya de coqueteos con el fascismo, y eso era más que preocupante.

Y ahí estaba él: intentando llevar sus pensamientos como miembro de la oposición eclesial a los que aún no estaban decididos del todo. En otra parte de la ciudad, un grupo de los «cristianos alemanes» recogían acólitos para su causa. A éstos tenía Dietrich en mente cuando alzó la voz, que se elevó y pasó por las cabezas de los asistentes:

- Dicen que los judíos fueron los que clavaron a Jesús en la cruz. Que fue culpa de ellos. Que fueron sus manos las que alzaron el martillo, y sus gargantas las que pidieron su muerte. Que los judíos se han separado del Dios a quien pretenden adorar –se hizo el silencio. Todos sabían que los «cristianos alemanes» apoyaban las primeras manifestaciones antisemíticas del NSDAP de Hitler; manifestaciones que cada vez irían a más y peor–. Pero yo creo que no fueron los judíos, sino todo el mundo en su conjunto, el que crucificó a Cristo. Los pecados de los judíos, los de las personas que vivieron en esa época, los vuestros y los míos, fueron los que Jesús llevó a la muerte, para vencer esa muerte. Todos fuimos y somos culpables de nacer y vivir como seres separados de Dios –pausa dramática–. Podríamos pensar que, en efecto, la iglesia tiene que echar un vistazo a todo lo que ocurre y tomar parte, trabajar y levantar cimientos en esta época de deconstrucción. La iglesia ha de llevar al mundo el mensaje de que ninguno estamos a salvo si no es por medio de la fe en Cristo y su seguimiento. Y ahora es el mejor momento. En medio de la tormenta es donde nos ha tocado luchar. No nos atrincheremos tras nuestros cómodos bancos y nuestra cómoda doctrina. Hay que tomar decisiones a diario y no podemos esperar –el templo era bastante amplio y con los techos muy altos y muy blancos, por lo que esperó un poco hasta que su voz se hubo perdido por los rincones–. No podemos esperar a que el mundo cambie, porque se nos pide que no nos conformemos; se nos pide que marquemos la diferencia. Es cierto que vivimos en una época convulsa.

Dios me ha dado la oportunidad de viajar a muchos lugares, cada uno con sus problemas distintos y propios, pero a la vez con un denominador común que no es otro que el profundo desgarramiento de nuestros ideales, de nuestros sistemas y estructuras sociales, que nos enfrentan a diario a la siguiente pregunta: ¿Cuál es el camino a tomar? Tenemos que decidirnos a diario por un ideal o por otro, sea de naturaleza política o educativa, sea relativo a cuestiones de la vida personal. Es decir: ¿Cómo debería educar?, ¿cómo debería actuar como ciudadano?, ¿cómo debería vivir mi matrimonio? Todas estas preguntas... se han convertido en preguntas faltas de respuestas para nosotros. Alemania no está a salvo de este conflicto... es más, ahora más que nunca es fuente de este conflicto entre el hombre que se deja arrastrar por falsos pensamientos y el que decide tomar las riendas de la situación y no dejarse convencer. En este mismo instante, ahí afuera –señaló más allá de los lisos muros–, cientos de personas creen que han decidido apoyar un régimen que será cruel, estoy completamente convencido. El grupo que se autodenomina de los «cristianos alemanes» creen que la solución al paro y la incertidumbre de nuestro país no está en Dios, sino en una bestia llamada Adolf Hitler –todos los asistentes ahogaron al mismo tiempo un gesto de impresión. Pocos, muy pocos, se habían puesto tan en contra del estado nacionalsocialista y sobre todo, de Hitler. Algunos querían levantarse y marcharse por miedo a las consecuencias, pero la iglesia se sentía aplastada por el peso de la verdad–. Pretenden destruir la libertad de cada comunidad y unir todas las iglesias bajo el yugo pesado del antisemitismo y de la ideología inhumana del nacionalsocialismo... tal vez deberíamos preguntarles, ya que son tan amigos, si sus

intervenciones son justificadas, si van en la búsqueda del derecho y el orden, antes que provocar injusticia y desorden con el fin de proponerse a sí mismos como la auténtica solución... Tengo que decirlo, porque me hierve la sangre a veces: se hace necesario tomar una decisión, pues nuestras opiniones difieren de los que quieren el terror... venid, los que habéis sido abandonados, los que habéis perdido a la Iglesia... tenemos que volver a las Santas Escrituras, hemos de buscar juntos la Iglesia, con todo lo que esto significa... Iglesia, ¡permanece siendo Iglesia! –dio un golpe en el púlpito con dos nudillos– ¡Sé fiel a tus principios...! ¡Sé fiel a tus creencias! Nos preguntamos hoy: ¿y dónde está la iglesia? Aquella iglesia que se creó en un incierto terreno, que se fundó en un lugar desierto, era la iglesia de todos los que todavía pueden llorar. Una iglesia no construida por otro que por Cristo. Quien se propone construir la iglesia por su propio medio y fin, creará un templo para ídolos. Nosotros debemos confesar, Dios construye; nosotros hemos de proclamar, Él construye; nosotros debemos rogarle que construya. No conocemos su plan. No podemos ver si caen muros o se levantan, si Dios está construyendo o destruyendo. Es posible que los tiempos, como éstos en los que vivimos, parezcan tiempos de desplome, pero puede que para Dios sea el inicio de la construcción de algo... Lo que para las normas humanas son épocas de caída, para Él son grandes épocas de construcción... Cristo, como consuelo, le ha dado a su iglesia una labor de la que no se puede ni debe apartar, la de confesar, predicar, testificar en su nombre... y ha cargado sobre sí el trabajo duro: construir. Cristo le ha dicho a la iglesia: No te metas en lo que es provincia mía. Lo que te es dado por hacer, hazlo bien y habrás hecho suficiente. Pero hazlo bien. No atiendas puntos de vista y opiniones, no pidas juicios, no acostumbres a calcular lo que ha de venir ni estés en busca constante de otro refugio. Otra vez digo: ¡Iglesia, sigue siendo iglesia, pero confiesa, confiesa, confiesa! Sólo Cristo es tu Señor, y sólo de su gracia puedes vivir. Sólo Cristo construye y...

Calló. De pronto, un coro de voces que provenía de la calle, iba en aumento. Al principio, parecía una marcha tímida, pero el volumen creció tanto que acabó en un ruido ensordecedor. Se abrieron las puertas de la capilla y unas cincuenta personas entraron, haciendo levantar a la gente de sus bancos, y lanzando consignas como "UNIÓN CONTRA LOS ANTIPATRIÓTICOS", "HAIL, FÜHRER" o simplemente "DESTRUCCIÓN". Gritos que retumbaban y dolían hasta los cimientos. Dietrich se echó las manos al rostro. No hacía ni seis meses desde que interrumpieron una conferencia que dio en la radio sobre el Führer y la individualidad en la juventud. El recientemente nombrado canciller tenía que pronunciar un discurso y Dietrich fue sacado casi a patadas de la emisora, sin poder llegar siquiera a la parte en que criticaba abiertamente la falta de entendimiento de von Hindenburg. Allí estaba, de nuevo, impotente y silenciado. Pero sabía que no podrían hacerle callar tan fácilmente. Era tan importante que el mundo supiera las atrocidades del nuevo Reich, que encontraría la forma de hablar, aunque eso le supusiera la misma cárcel.

¿Podemos ir a peor? ¿Todavía se puede caer más bajo?, preguntaría repetidas veces a sus amigos y a sus alumnos. Lo cierto y penoso es que la persecución y la batalla por defender el cristianismo y la paz acababan de empezar. Y con ello las represalias, la «ley aria», las censuras, las clausuras y tijeretazos. La instauración del servicio militar obligatorio... y a punto de caer la gota que colmara el vaso, rondaba ya por la cabeza de Dietrich la idea última y necesaria de la conspiración, de la oposición. Claro que todavía pensaba que tenía mucho que hacer dentro de la iglesia, antes siquiera de pensar en la resistencia política.

Al ver la agitación de una masa convencida, huyó. Bordeó la iglesia, serpenteó por un par de calles y se metió en el bar de Wiemer, un tabernero al que le tenía gran aprecio. Al cerrar la puerta de cristal, sonó un estallido, como de una bolsa de plástico estallando en un baño público, solo que el golpe venía de la calle seguido por unos gritos de ceguera.

- Están locos... en serio –dijo Wiemer, a sus espaldas, dejando una jarra de cerveza junto a su mano izquierda, que sostenía una libreta pequeña.
- ¿Tú crees? –contestó Dietrich con una sonrisa un tanto resignada. Empezó a escribir en la parte superior de una hoja cualquiera: "Posible título: la gracia y..." tachó y simplemente puso "la gracia". Subrayó el título provisional–. Esto no es locura. Al menos, con la locura se puede decir que no fue culpa de uno. La locura no se puede controlar.
- Dietrich, si en algún momento necesitas algo... un escondite, o lo que sea –señaló detrás de un cuadro que mostraba un mapamundi. Detrás debía de estar el cuartucho para esconderse.
- Gracias... –era difícil encontrar un apoyo incondicional en esos tiempos–. Gracias, de verdad –sacó un lápiz.
- Es difícil sacar conclusiones en estos días, ¿verdad? –Wiemer tenía un cierto toque de filósofo en su forma de hablar. Soltaba frases, casi todas acertadas, al aire, como lanzando dardos a una diana hecha de la más absoluta nada.
- Al menos, conclusiones que sean escuchadas sin fundamentalismo alguno –asintió Dietrich–. Parece que ya es tarde para hablar.

- Tenía un profesor que nos explicó una vez el uso del punto y coma... lo dijo de tal forma que nunca lo he olvidado –Wiemer buscaba la frase en su archivador, también hecho de nada–. Dijo: "Cuando la frase es demasiado breve como para finalizarla, pero aún hace falta una pausa... cuando la sentencia no es excesivamente larga pero se tiene el tiempo justo de sacar alguna conclusión... entonces hay que usar el punto y coma" –se calló un momento y respiró antes de seguir–. Tenía algo de razón el hombre.
- Sí. Busquemos el lugar apropiado para poner el punto y coma.

Entonces garabateó en su libreta:

No cejo en mi empeño: ¿Cómo se hace la Paz? ¿Quién puede proclamar la paz de forma que lo oiga todo el mundo, que todo el mundo se sienta obligado a oírlo?

Sopló la espuma y bebió un pausado trago de cebada. Repasó otras notas y continuó una frase a medio empezar que tenía justo en el centro del cuaderno. Al fondo, sonaban voces enfurecidas que, como antes aumentaban en amplitud y textura, en este instante se iban perdiendo y alejando, resaca en un rompeolas. Dietrich suspiró, tranquilo y confiado. Durante un par de horas pudo escribir y reflexionar en calma.

No hay camino para la paz que pase por el camino de la seguridad. Porque la paz supone audacia y es un gran riesgo. La paz se contradice con la seguridad, porque la exigencia de la seguridad significa desconfiar, y se convierte por tanto en querer protegerse a uno mismo... La paz es poner en manos del Dios todopoderoso, con fe y obediencia, la historia del mundo.

Las batallas se ganan con Dios, y no con armas. Se ganan incluso cuando el camino conduce al dolor.

Al día siguiente, en las portadas de varios periódicos, una fotografía anunciaba un desastre ante las ya inminentes elecciones eclesiásticas: dos manifestantes de los «cristianos alemanes» portando un letrero en el que claramente se leía:

"¡VOTAD LA LISTA DE LOS CRISTIANOS ALEMANES!", y "¡LA IGLESIA DEBE SEGUIR SIENDO IGLESIA! ¡VOTAD POR LA LISTA: EVANGELIO E IGLESIA!".

Tiempo después, Dietrich miró el reloj y, aunque ya era hora de irse, permaneció un poco más, hasta que el cielo y las paredes se hicieron de noche y fina niebla. Al salir, paseó con decisión y dejando que el frío lo arropara. Tardó un buen rato aún en llegar a casa, pero se sintió agradecido por haber podido refrescar sus ideas y disipar pequeñas dudas, las cuales le incomodaban ligera y persistentemente. La soledad era total, pero al llegar a casa echó un vistazo a la calle y, dos casas más abajo, alguien apagaba una luz y cerraba una ventana con rapidez, haciendo que las hiedras de la fachada se plegaran sobre la cornisa y taparan totalmente el hueco. Pisoteó un par de charcos antes de entrar al calor del hogar.

CAPÍTULO 8

Finkenwalde

El tren se alejó lentamente, dejando una larga nube tras de sí. Finkenwalde era un hervidero de pasajeros que parecía un organizado nido de hormigas, a pesar de lo pequeño de la estación. Dietrich se quedó rezagado, viendo partir el tren, ya inalcanzable. Sostenía tres cartas. Una de ellas, cerrada y sin remitente, dormitaba en el bolsillo de su chaqueta. Otra ya había sido leída y contestada, pero la descubrió en el interior de su gabardina aquella misma mañana, no sabía cómo, y decidió repasarla durante el trayecto en tren, a pesar de que casi se la sabía de memoria; cada vez que la leía se sentía en cierto modo halagado y contento de ser el destinatario. El autor de la carta era Karl Barth, del que se hizo muy amigo Dietrich tras un encuentro tiempo atrás en Bonn: una charla entre dos teólogos que se consolidó con la correspondencia. Barth respondía en el escrito a la decisión de Dietrich de mudarse a Londres un tiempo; decisión costosa, porque sentía que podía hacerle sentir apartado de sus amistades... cosa que finalmente no ocurrió. A Barth no le gustaba la idea de que Dietrich se fuera y le respondió con esta carta llena de humor. En cuanto a las dudas de irse a Inglaterra, se podía leer: "Usted tuvo perfecta razón, porque además tal cosa no se le vino a la mente, de no solicitar mi sabio consejo. Porque yo le habría disuadido absolutamente, y quizás con el uso de artillería pesada, de adoptar tal decisión. Y puesto que usted me consulta posteriormente sobre este asunto, yo no puedo menos de exhortarle a que cuanto antes regrese usted a su puesto en Berlín..." Con un espíritu de absoluta amistad y confianza, Barth le dijo claramente: "Esté contento de que no le tenga aquí personalmente, porque de lo contrario me metería muy incisivamente con usted, planteándole la exigencia: ¡Déjese usted ahora de filigranas y de consideraciones particulares y piense tan sólo en una cosa: en que usted es alemán, en que la casa de su Iglesia se está quemando, en que usted sabe cosas de sobra y en que sabe decir perfectamente lo que tiene que decir para poder prestar ayuda, y en que usted, en el fondo, debe regresar a su puesto con el primer barco! ¡Bueno, si no es con el primero, digamos que con el segundo!". Una carta muy persuasiva, desde luego, a la que Dietrich siempre respondía con una cariñosa inclinación de cabeza. De todos modos, el viaje a Londres le sentó muy bien: hizo amistades y muchos contactos... y se tomó, quizá por primera vez, conciencia del problema que podía plantearse para el cristianismo en Europa si Alemania no se recuperaba económica y, sobre todo, moralmente hablando.

La última carta colgaba y estaba abierta, aunque todavía no la había leído. Era un buen momento para hacerlo. La abrió y esbozó una sonrisa. Llevaba tiempo esperándola y le llegó con un poco de retraso. Estaba dirigida a su residencia en Londres y desde allí tuvo que volar a Alemania. Venía de muy lejos: de la India. Su abuela le recomendó al menos siete años atrás que no perdiera la oportunidad de ir y, en efecto, India era un lugar que tenía en mente visitar con su amigo George Bell, el obispo de Chichester, Inglaterra, especialmente para visitar a su otro amigo Mahatma Gandhi. Éste le escribía con letra menuda:

> *"Querido amigo: He recibido su carta. Si usted y su amigo tienen dinero suficiente para el viaje de vuelta y pueden hacerse cargo de sus gastos personales aquí, unas 100 rupias mensuales, vengan cuando lo deseen.*

Cuanto antes mejor, para que puedan disfrutar del tiempo templado que tenemos ahora aquí. He calculado las 100 rupias mensuales pensando en alguien que tiene gastos moderados. Quizá incluso sólo necesiten la mitad de esta cantidad. Depende de cómo respondan a nuestro clima. En cuanto a su deseo de compartir mi quehacer cotidiano, sólo quiero decirles que cuando ustedes estén aquí, pueden permanecer a mi lado, siempre y cuando no esté en la cárcel y permanezca en un lugar fijo. En caso contrario, si estuviese de viaje o me encontrase en la cárcel, deberían ustedes contentarse con una estancia en una de las instalaciones que están bajo mi supervisión. Si desean alojarse en una de estas instalaciones, en las que yo he pensado, y si pueden vivir de la dieta básica que estas instalaciones les pueden ofrecer, tanto la comida como el alojamiento serán gratuitos. S. s. s.". Tampoco faltaba el humor en esta respuesta de Gandhi.

La verdad es que ahora no era posible viajar. Tenía mucho trabajo impartiendo clases y como director en el seminario de Finkenwalde, enviado allí por la Iglesia Confesante, la oposición más clara a las Iglesias del Reich. Pasaba mucho tiempo preparando conferencias para animar a las iglesias que permanecían neutrales. El trabajo ecuménico ocupaba gran parte de su inquietud, y no era para menos: el país cambiaba rápidamente y asimilaba, por desgracia también velozmente, la indiferencia hacia el maltrato a los judíos por parte de las S.S. Imaginó variantes de cómo podría ser su encuentro con Gandhi durante unos instantes; cada vez pensaba más a menudo en ello. Puede que encontrara la ocasión de visitar la India. Pero tenía que estar en su sitio, donde Dios lo había puesto. Y era un honor para él que la Iglesia Confesante hubiera contado con él para la labor. En estas cosas reflexionaba cuando se dirigía a su despacho, en la primera planta del edificio, en una esquina bastante apartada y accesible mediante una serie de senderos que se bifurcaban. Fuera era agosto, hacía sol y el cielo era azul. Parecía un día corriente.

Sin embargo, al doblar la última esquina vio a la Gestapo en su despacho abierto y revuelto, y comprobó que no era un día precisamente corriente. Inclinó la cabeza ante los dos armarios que custodiaban la puerta. Miró un instante a los guardias que estaban dentro, abriendo cajones y tirando cosas al suelo. Todo su trabajo volaba por la habitación. Echó un vistazo a la otra mesa, más pequeña, que ocupaba la esquina. Pertenecía en ese momento a su amigo Eberhard Bethge, que en realidad no vivía allí: casi siempre pasaba un par de veces al mes. No obstante, su colaboración con el seminario y su amistad con Dietrich era tan fructífera que éste pensó sorprenderlo. Para su próxima visita había encargado una mesa que él podría utilizar; una mesa que los guardias acababan de arañar al lanzar una silla contra ella. Dietrich no aguantó más y llamó con los nudillos.

- ¿Se divierten, caballeros?

Los tres guardias se giraron y se pusieron en guardia. Dietrich se sorprendió por el efecto de su irrupción y sonrió. Una mano se posó en su hombro y se dio cuenta de que los agentes se cuadraron ante otra persona, la que en ese momento apartaba su mano y le hablaba cerca del oído, con una voz débil y cansada.

- Buenos días, señor Bonhoeffer. Siéntase cómodo y no se preocupe –era un hombre con gabardina larga, que aunque se había puesto delante, todavía se encontraba de espaldas, en un gesto de falta total de educación.

- Gracias, lo haré, señor...
- Kerrl –se dio la vuelta y Dietrich lo reconoció en un segundo. Nariz alargada, cara regordeta, bigote canoso, ancho y de la longitud exacta del labio superior. Era el nuevo ministro de la Iglesia del Reich. Era curioso verlo vestido sin su particular toga con el símbolo nazi en el brazo izquierdo. Parecía más bien que no debería ser visto allí–. Hans Kerrl, para servir a Dios y al Führer –una mitad de su boca sonrió y puso la mano rígida, justo a la altura del ombligo. La ceja contraria a la boca sonriente se enarcó, dándole un aspecto cómico y siniestro a la vez.
- Permítame recordarle que sólo puede servir a uno de los dos.
- No se inquiete, era una simple formalidad.
- De acuerdo. ¿Y a qué debo el honor de su visita?
- Vengo a decirle que este seminario, hasta nueva orden, queda clausurado.

Dietrich no daba crédito. Primero su conferencia en la radio suprimida para emitir el discurso de Hitler; luego un culto interrumpido por una muchedumbre incapaz de distinguir lo que hacía su mano derecha de lo que hacía su izquierda; y hoy el cierre definitivo del seminario. Estaba rojo de ira y de impotencia.

- ¿Por qué?
- Es un mandato directo del Consejo de Hermanos y de la comisión de asuntos eclesiales del Reich.
- Pero ustedes...
- Aún no he terminado. Se viene considerando, de acuerdo a la ley aria y al concepto de pacificación desarrollado por nuestro gobierno, que la minoría que usted, como principal ideólogo, está liderando, está haciendo gala de una moral dudosa y un concepto del cristianismo totalmente disparatado.

- ¿Ideólogo yo? ¿Pero de qué habla?
- No se altere. No hace falta apuntarme con el dedo. Sea comprensivo y déjenos hacer a nosotros. Es por su bien.
- ¿Por mi bien? ¡No sea ridículo!
- Sí, por su bien. Parece que no se da cuenta de que estamos observando todo lo que hace y lo que escribe. Estamos cerrando este lugar para que todo el mundo vea que se hace justicia.
- Ustedes no son nadie para ser jueces.

Kerrl sacó una hoja doblada por la mitad y se la puso a Dietrich delante de los ojos.

- Lea. Es de un vicario de este seminario. Lo importante está subrayado.

Dietrich abrió despacio la hoja y empezó a sudar del calor y la irritación.

- "Todo lo que nosotros hacemos aquí es ahora ilegal y va en contra de la ley estatal". Ya veo.

Miró a los ojos grises de Kerrl directamente. Kerrl guiñó disimuladamente un ojo. O eso creyó.

- Voy a ser claro, señor Bonhoeffer. He estado en su contra desde que Dios me puso en este cargo y tengo poder para hacer que lo borren del mapa.
- Su poder durará lo que la paciencia de Dios dure.
- Exacto. Pero sepa que tiene partidarios influyentes y se le considera útil, así que vea esto como una oportunidad y un toque de atención. De hecho, alguien se pondrá en contacto

con usted para unirse a nuestra iglesia. Se le daría incluso un buen puesto como director de uno de nuestros seminarios. Así que le aconsejo que sea inteligente y...

- Gracias, pero no...
- Cállese. De momento, este lugar es inaccesible –miró a Dietrich de hito en hito–. Las cosas van a cambiar en Alemania, se lo aseguro. Sus amigos pomeranos serán pronto tratados como proscritos por faltar a la verdad. Le prometo que si le encuentro con los conspiradores, me encargaré personalmente de su ajusticiamiento.
- Usted no tiene derecho.
- Aún no... ahora márchese.

Dos de los guardias le cogieron de los brazos para llevarle fuera.

- Un momento, deje que me lleve la foto de mis padres.

Kerrl lo meditó un momento. Cogió la foto de la mesa y la miró unos segundos, tras los cuales se la dio a Dietrich.

- No sabe lo que está haciendo –dijo Dietrich.
- Hasta pronto –Kerrl se despidió con un movimiento ligero de la mano, como el que ahuyenta una mosca.

Los guardias lo llevaron hasta la calle y cerraron las puertas. Dietrich se quedó quieto un buen rato, mirando el edificio al que tanto tiempo había dedicado, en el que había impartido clases y aprendido de sus alumnos. Se secó los vidriosos ojos y se encaminó a la estación. Sentado en un banco solitario, miró el marco y le dio la vuelta. Quitó las pestañas que sujetaban la foto. Tras el papel, había un número de una caja de caudales en la que guardaba dinero ahorrado por si ocurría algo. Y, en efecto, había ocurrido algo. Pidió a Dios ayuda y protección. Permaneció un rato con la cabeza agachada, sintiendo la brisa que aparecía de vez en cuando para acariciarle y consolarle. Tocó el bolsillo y descubrió la carta anónima, que ya había olvidado. La manoseó, la puso al trasluz y finalmente rasgó un lado. En una pequeña y amarillenta hoja estaba escrito:

> *"Sabemos lo de la clausura del seminario. Nos gustaría hablar con usted sobre el asunto. Somos amigos y gente de fiar. Si quiere reunirse con nosotros, acuda el próximo viernes a las once al cine que hay en la Lindestrasse, frente al museo haciendo esquina en la plaza Kirch. Allí nuestro contacto le localizará.*
>
> *Un abrazo y ánimos de:*
>
> *Ruth."*

Dietrich leyó la nota varias veces antes de decidirse. No había razón para no ir. Parecía un lugar seguro y conocía bien el sitio. Por otra parte se preguntó que, si de verdad eran amigos, cómo era posible que supieran antes que él de la clausura del seminario. Suspiró y echó la cabeza atrás. Se masajeó las sienes. No le resultaba peligroso ni arriesgado asistir, de modo que decidió acudir a la cita. Quizá le ayudara compartir su pesar con alguien más que conociera la situación. Podría pedirle a su hermano Klaus, que precisamente se encontraba en la ciudad un par de días antes de volver a Leipzig para continuar sus estudios de fisicoquímico, su compañía en la reunión. De pronto le vino a la cabeza su conversación con Wiemer, cuando le ofreció un escondite y eso le ayudó a decidirse. Dejó de pensar en el tema y sacó su libreta para tomar notas. Recordó que tenía que anotar un pensamiento que había tenido esa misma mañana:

Nuestros actos y lo que somos son fragmentos –lo tachó.

Hay fragmentos de nuestra vida que hay que desechar,

y otros que son significativos por los siglos, porque su perfección no puede ser otra cosa que obra de Dios, es decir, fragmentos que tienen que permanecer siendo fragmentos –pienso, por ejemplo, en el arte de la fuga musical–. Y si nuestra vida tan sólo llegase a constituir el más tenue reflejo de tal fragmento, en el que, aunque sea por breve tiempo, concuerdan los diferentes temas acumulados, y en el que el gran contrapunto se mantiene desde el principio hasta el fin, de forma que al final como mucho pueda ser entonada la coral «Ante tu trono me presento», entonces no debemos quejarnos de nuestra vida fragmentaria, sino sentirnos dichosos de la misma.

Era un gesto instintivo: apretó contra la libreta la punta del lápiz, que se rompió. Sopló la brisa suave otra vez y volvió a recordar su conversación con Wiemer. Y subrayó el título en la parte superior de la página con el grafito partido, como buenamente pudo:

Pienso en resistencia. He de someterme a lo que Dios pida, que no será poco.

"Quien ignora la importancia de la apariencia en el mundo, se hace reo de alta traición para con la humanidad"

(Inmanuel Kant)

SEGUNDA PARTE

Conspiración

CAPÍTULO 9

Una conversación inesperada

Klaus, el hermano de Dietrich, intentaba convencer a éste de que entraran juntos al local. Pero no despertarían sospechas si entraba Dietrich y Klaus esperaba agazapado tras una esquina o un banco. Dietrich lo convenció no sin esfuerzo y, antes de entrar al cine, miró a Klaus, que se confundía con las sombras y el frío de la noche. Si en treinta minutos no salía, llamaría a las SS; era preferible el calabozo a no salir ileso del encuentro. Las calles, como siempre a esta hora, estaban sin vida, invitando a ser recogidas en una novela de crímenes. Al poco, salió un individuo a la puerta principal que miraba en dirección a Dietrich. En el centro de su rostro informe por la oscuridad, había un punto anaranjado y una finísima línea de humo. Eso es todo lo que pudo ver. Ahora llevaba gafas, pero las tenía empañadas y estaba harto de limpiarlas constantemente. Se acercó y el hombre se giró, tiró la colilla y entró de nuevo en el cine. El cine no era en realidad un cine, era un edificio aparentemente abandonado en el que se proyectaban películas que habían escapado a la censura. El hecho de que lo citaran allí le dio cierta seguridad, porque los que asistían a las proyecciones tenían la misma tendencia de estar en contra del NSDAP; casi se podría decir que los que iban allí eran los que en la sombra luchaban, con sus opiniones y forma de actuar, por una Alemania mejor y sin odio. Al darse cuenta de ello, Dietrich pudo desenvolverse con soltura y sin dar pie a que fijaran su atención en él. Casi se sentía invisible, andando entre cortinas, siguiendo al tipo de traje oscuro, que iba sin sombrero y esquivando los recovecos del pasillo lateral por el que cruzaban ahora. Parpadeaba la imagen de una alcantarilla en la pantalla, y se veían unos pies que cruzaban una empedrada calle; la película era muda y su banda sonora era el traqueteo de un enorme proyector. Tras cinco minutos dando giros, rodeados por paredes de color pardo oscuro, llegaron a una escalera de madera. El hombre se detuvo, pero permaneció de espaldas. Dietrich se paró a unos diez metros.

- Espere aquí –fue todo lo que dijo en la velada. Su voz sonaba como a través de un vaso cubierto de hielo.
- De acuerdo –Dietrich se dijo que todo iría mejor si seguía sus instrucciones y guardaba un espacio de seguridad, por muy raro que le pareciera todo. Aunque en este sitio estaba casi a salvo, no podía fiarse totalmente de nadie, ni tampoco podía mostrarse cauteloso en exceso.

El hombre subió las escaleras con pesados pasos y murmuró a la oscuridad. Lo único que pudo distinguirse fue su tono de anuncio y un «hazle pasar» lejano pero cordial. Pasó un tiempo de inquieto silencio hasta que Dietrich subió por su propia iniciativa. La sala estaba llena de claroscuros, de una mesa con recortes, de sofás y de rincones. Había dos individuos de los que sólo podían verse sus piernas, aunque resultaba obvio que eran altos y fuertes. Un poco más al fondo un caballero se encontraba sentado en un sillón que rechinaba de cuando en cuando.

- Buenas noches –rompió el hielo Dietrich.
- Le dije que intentaríamos por todos los medios convertirlo en uno de los nuestros –Dietrich dio un paso atrás, pero los otros dos individuos lo sujetaron por los brazos. Habría reconocido la voz entre un coro de un millón: Kerrl. Éste se levantó y caminó hacia él–. No se inquiete, nadie le va a hacer daño... por ahora.

Sólo queremos un poco de información –parecía incluso que disfrutaba del momento–. No soy precisamente un hombre de entremeses, así que creo que todo será más fácil si pasamos directamente al primer plato. ¿Quién es Ruth?

Lo primero que pasó por su cabeza fue, aparte de la duda de en qué estado saldría de allí, cómo era posible que Kerrl supiera de la carta de Ruth. Ahí estaba, preguntándole acerca de una persona que no conocía y de un encuentro que no esperaba.

- Le he hecho una pregunta, señor Bonhoeffer. Esta vez no voy a andarme con buenas maneras... ¿quién es Ruth?
- No lo sé, no la conozco aún.
- Y sin conocerla viene aquí, solo y sin cubrirse las espaldas... tiene valor, desde luego...

Dietrich tragó y sudó. Tenía la espalda húmeda por el nerviosismo.

- No pensé que tuviera que ver con usted –se disculpó.
- Ah, ¿por qué?
- Bueno... en la carta Ruth me daba ánimos, mientras que usted no ha parado de dar problemas.
- Así que no le he causado más que problemas... ¡a la bañera, muchachos! –lo arrastraron hasta un cuarto de baño. Encendieron la luz y había una bañera llena de agua–. Si cree usted que le he dado problemas, lamento decir que aún no he empezado... a partir de ahora sabrá lo que es tener problemas... ¿Quién es Ruth?

Dietrich estaba bloqueado. Se preguntaba cómo se había enredado en esto, quién era Ruth. Sólo sabía que no podía derrumbarse, que no debía más que soportar las represalias.

- No lo sé... –fue lo único que podía decir. Se dejó caer. Lo sujetaron.
- Esto no está bien, no señor... refresquémosle las ideas, a ver qué sucede.

Lo sumergieron hasta el pecho en la bañera durante medio minuto. Dietrich pataleó hasta que lo sacaron. Sabía que no debía inventarse la identidad de Ruth, porque todo sería peor.

- Es usted un poco necio...
- Si quiere llamarle necio a alguien, búsquese un espejo.

No había terminado apenas la frase y ya volvía a la lentitud de estar bajo el agua. Lo sacaron en un momento. Kerrl les echaba la bronca a sus secuaces.

- ...¡y sólo yo doy la orden de meter al gusano en el agua! ¡¿Está claro?!
- Sí, señor –dijeron los otros, avergonzados.
- Bien, señor Bonhoeffer, está poniendo mi famosa paciencia al límite... cree que habla con aficionados y le voy a demostrar que no... créame, es una pena ver a un ciudadano tan alemán, tan puro como usted –se limpió el sudor de la frente con un trapo impoluto– renunciando al favor que el gobierno podría hacerle si denuncia a sus amigos judíos y se comporta como cualquier compatriota haría.
- No sea ridículo.
- Sus padres viven en un barrio donde una de cada tres casas pertenece a un judío –decía judío como si dijera «detergente», o «brócoli», las palabras más horribles fonéticamente hablando que conocía–. Sus padres y hermanos tienen amigos íntimos judíos. Su hermana, Sabine, le da besos a un varón

llamado Gerhard Leibholz. ¿Y cuál es el origen de ese abogado? Judío. Y parece que esto no le importe a su amigo George Bell, quien ya está apartado totalmente de sus funciones... como ve, habla con un profesional que conoce su vida mejor que usted. Ahora, salve su dignidad diciéndome quién es esa Ruth... ¿es judía, o moabita, por casualidad?

- No lo sé, le he dicho que no la conozco.
- ¡¡¿Quién es Ruth?!! –chilló Kerrl, fuera de sí, a un palmo del oído de Dietrich, agarrándole de los hombros y escupiendo. Era realmente desagradable.
- ¡¡No lo sé!! ¡¡He dicho que no lo sé!! –gritó aún más fuerte Dietrich, cerrando los ojos al instante y tapándose la cara con las manos. Pasó un rato de silencio y volvió a abrir los ojos. Lo que oyó le dejó mudo.
- Está bien... dice la verdad... ha pasado la prueba, ya ha pasado todo –le dieron la mano y se quedó aún más bloqueado. No sabía si era un nuevo truco, si pretendían con la amabilidad sacarle algo más de información–. Vamos, levántese –miró a sus agresores, los cuales le sonreían–, enseguida se enterará de todo. No nos tenga rencor...
- ¿Se encuentra bien, señor Bonhoeffer? –dijo una voz que venía de la oscuridad.
- Eh... he estado... mejor... ¿qué es todo esto?

Miró a Kerrl, el cual se agarró el bigote, tiró y se lo quitó.

- Usted no... usted no es Kerrl...
- No... ni yo, ni tampoco el tipo que entró en su despacho hace unos días.
- Pero... ¿cómo?
- Relájese... cámbiese de ropa y le explicaremos todo –le dijo la voz. No se veía a nadie, pero la voz era tan suave que toda

la tensión se evaporó. Le dieron una percha con un flamante traje colgando–. Por cierto... no me he presentado... soy Ruth... encantada de conocerle.

Y lo dejaron a solas para que se vistiera. Dietrich sacó las gafas del fondo de la bañera y se las puso sin secárselas. Había visto antes a aquella mujer, en alguna reunión con las familias que colaboraban con el seminario. Se rascó la cabeza aturdido y se desnudó con parsimonia y reflexivamente. Cuando se hubo vestido con el nuevo traje, más caro y bueno que el suyo, se sentó en uno de los sofás, frente a Ruth. Le dieron una taza de té sobre la que flotaba apaciblemente una rodaja de limón. La mujer, de cara ancha y blanca, nariz ligeramente sonrosada y pequeños ojos profundos y limpios, le sonreía con gran tranquilidad. Tras quitar una pelusa del sillón que ocupaba, empezó a hablar, y su voz sonaba como deslizándose sobre un plato llano: lineal, suave. Sonaba mucho más joven de lo que su aspecto mostraba.

- Mi nombre completo es Ruth von Kleist-Retzow. Mi familia ha sido una de las que apoyó su trabajo. El señor Elliot –y señaló al falso Kerrl– es un actor inglés...
- Ha hecho un buen trabajo –dijo Dietrich. Todos rieron; ahora había un ambiente distinto, al aclararse un poco la situación.
- Lamento que todo haya sido tan extraño para usted... nos enteramos del cierre del seminario en Finkenwalde y de que usted sería interrogado y no logramos una forma mejor de alejarle de allí. Elliot ha engañado incluso a los agentes... pero la situación ahora es complicada.
- Sí... bueno, hay algo que me sorprendió de su carta y también de este sitio, Ruth.
- ¿De qué se trata?
- ¿Cómo una señora...? Permítame decirle que sabe cuidarse... ¿Cómo ha podido enterarse de todo y citarme en este lugar?

Ruth se adelantó en el sillón y se cruzaron sombras afiladas en su cara.

- Bueno, verá... somos muchos los que nos sentimos dolidos por el cierre de las instituciones y todos estamos en una delicada situación, que nos ha unido a todos los que fundamos los seminarios... nos estamos reorganizando, por así decir...
- Toda Alemania está en una delicada situación.
- Exacto. El gobierno está tomando a todo niño, mujer, hombre y anciano judío y los tienen en guetos, malviviendo. Oímos historias... cosas tremendas... y todo parece que es peor de lo que cuentan. Nadie sabe con total seguridad lo que ocurre, pero se siente algo en el ambiente. ¿Has leído los diarios?
- No.
- Han aparecido unas declaraciones del general del XVII Ejército, Hermann Hoth –Ruth sacó un diario, con algunas frases subrayadas en rojo, y se puso unas gafas pequeñas para leer–, donde afirma que "hemos visto cada vez más claro que aquí, en el Este, combaten entre sí concepciones espiritualmente incompatibles: un sentido germano del honor y de la raza y una tradición militar de muchos siglos contra una manera asiática de pensar y unos instintos primitivos alentados por un pequeño grupo de intelectuales, principalmente judíos".
- Increíble –dijo, moviendo la cabeza.
- Pues escuche ésta: "Reconocemos claramente nuestra misión de salvar a la cultura europea del avance de la barbarie asiática. Sabemos que tenemos que combatir contra un adversario enfurecido y tenaz. Esta batalla sólo puede acabar con la destrucción de uno o de otro; una transacción es inadmisible" –ninguno podía imaginar hasta qué punto eran espectadores de lo que ocurriría sólo unos años después.

- Lo que me sorprende es... que sea ahora, dos años después de llegar al poder, cuando todo esto sucede –razonó Dietrich.
- Son muchas las piezas que no encajan... hace dos años se celebraron los juegos, y no interesaba dar una mala imagen al resto del mundo, y ahora... de todas formas hay algo más.
- ¿Más aún?

Ruth se acercó un palmo más y susurró.

- En breve, Hitler va a declarar la guerra a Polonia.

Todos hicieron gesto de negar con la cabeza. Tenían un sentimiento de desprecio común ante Hitler y el nacionalsocialismo, el trato a los judíos de proscritos, y en todos surgía la pregunta de cuándo la iglesia rompería su acuerdo con el Tercer Reich y denunciaría este caos.

- Otra pieza que no encajó en su momento fue la muerte del mariscal Hindenburg... –continuó Ruth.
- Al año siguiente de llamar a Hitler a ocuparse del gobierno...
- Con lo que así Hitler sería jefe de estado además de jefe de gobierno... –A Dietrich le recordó esta conversación las partidas de ajedrez con su padre. La forma de empezar y continuar las frases a medias, entre dos. De pronto sintió por Ruth el mismo cariño que por su abuela Julie, y bajó la cabeza, pensativo.
- Pocos hay que se preocupen por sacar esto a la luz. Ahora Hitler controla el país y considera tener poder político y moral para cambiarlo todo.
- Por eso cortaron mi intervención en la radio.
- Por eso nos molestan, Dietrich... no conviene que nadie juzgue lo que Hitler hace. Detuvieron a tus alumnos, a Niemoller,

y pusieron pegas a tu libro por una única razón: pusiste en duda la legitimidad de Hitler como líder.

La última vez que se hizo un recuento, se anotaron veintisiete detenidos; algunos de ellos pasaron las vacaciones de Adviento en prisión. Se probó entonces el ataque impaciente y constante de la policía, esforzada en acelerar el cierre del seminario; cuyo principal motivo para la contundente acción era la oposición en Finkewalde a la «iglesia del Reich», la cual llevaba tiempo intentando absorber a todo grupo minoritario que encontrara a su paso.

- Es que creo que es ilegítimo –prosiguió Dietrich, claramente preocupado–. No sé cómo los votantes han escuchado y creído que Hitler va a continuar la labor de Lutero... va a continuar sus errores, más bien... deberían quitarlo de en medio, antes de que haga lo que de verdad piensa hacer.
- Y ahí es cuando entras tú. Aún no sé cuándo, pero pronto se pondrán en contacto contigo... necesitarán un agente para algunas acciones... de espionaje.
- Yo sólo soy un teólogo sin apoyo. No soy un espía.
- Eres de fiar... de los pocos de fiar... has pasado la prueba, Dietrich... –Ruth se preguntó a sí misma dónde estaba el punto de su conversación en el que se apoyaban el uno al otro hasta el punto de tutearse sin darse cuenta–. Sólo puedo decir con seguridad que pronto será necesario pasar a la acción...
- Pero yo estoy bajo sospecha. Tengo que irme de aquí y establecerme.
- Lo sé... está todo bien pensado. Hay una familia, los Lehmann... quieren organizarte una gira de conferencias por distintas partes para mantenerte a salvo. Así podrías mantenernos a todos al corriente de cómo se ven las cosas en el extranjero y podrías librarte de la llamada a filas.

- Suena bien y lo agradezco. Pero tenéis que entender que esto es inesperado.
- Hay muchas más cosas. Pero no todo debería hablarse, no todo debería sacarse a la luz... no es bueno desvelar todos los misterios.
- No me suelen gustar las sorpresas.
- Hace una semana vine con mi marido a este mismo lugar. La película que ponían enseñaba una flor creciendo a cámara rápida. Horrible, fue espantoso –y había horror genuino en su voz–. Salimos a toda prisa, incapaces de soportar aquella violación del secreto de la vida... desde este momento, ninguno sabremos a dónde nos llevarán los acontecimientos... pero eso es lo bueno, porque de ningún modo cumpliremos con nuestra obligación si sabemos todos los detalles...

Se calló. Todos callaron. Se oyeron pasos bajo el suelo, que subían de volumen progresivamente.

- Tienes que salir de aquí –dijo Ruth rápidamente, mirando después a Elliot, el cual palpaba un pesado objeto, oculto bajo su chaqueta–. Indícale dónde está la escalera. Nosotros les diremos a los guardias que no ha estado aquí.
- Justo al contrario de lo que haría Kant –dijo Dietrich. Kant hubiera dicho la verdad.
- Piensa en lo que hemos hablado.
- Lo haré –prometió, justo cuando Elliot lo empujaba tras unas cortinas y vieron seis hombres uniformados entrando en la habitación.

Bajaron por unas escaleras de incendios situadas justo en la parte de atrás del edificio. Dietrich siguió corriendo, bordeando los muros interminables sin mirar atrás. Elliot, que se había quedado al pie de las escaleras, alzó su mano a modo de despedida. Klaus estaba en una de las esquinas, tiritando de frío y mirando hacia la puerta donde había entrado su hermano, cuando notó un empujón.

- Justo a tiempo –dijo Klaus–. Estaba a punto de entrar yo mismo... ¿todo bien? Estás rojo... ¿de dónde has sacado ese traje?
- Luego te cuento... ¿tienes frío?
- Estoy helado.
- Pues vamos corriendo... nos sentará bien –y al correr, dejaban profundas huellas en la nieve sucia.

CAPÍTULO 10

Muro

Sintió una breve punzada de dolor en el dedo índice, que sin querer había sumergido en una humeante taza de té que expulsaba humo formando volutas que agonizaban y desaparecían mezcladas con el aire. Se limpió el dedo con disimulo frotándolo con la base del pulgar y dejó la taza a un lado, con tanto ímpetu que a punto estuvo de derramar su contenido sobre la porcelana blanca y lisa. Dietrich se encontraba frente al padre Kliewer, hablando sobre la situación en Alemania y tratando de encontrar por fin a alguien que, al igual que él, estuviera en contra del silencio que la Santa Sede había decidido emplear. Sospechoso era el hecho de los concordatos entre Pacelli y el gobierno alemán. Era tan penosa la situación que se hacía necesario hacer algo en el acto. Pero el padre Kliewer sencillamente no lo veía así. Para él era todo una mera exageración y lo importante era llegar a un buen acuerdo con el partido de Hitler, que entonces ya contaba con 230 escaños, 13 millones de electores y 400.000 camisas pardas y negras controlando a la población.

- Claro que es lamentable la situación de los guetos, señor Bonhoeffer, pero créame que hacemos todo lo posible... nuestra principal prioridad es la caridad, no lo olvide...
- Póngase por un momento en el lugar del tendero judío que es señalado con el dedo, que es marcado y obligado a vivir como si su condición racial fuera vergonzosa... ¿entiende él de su caridad?

- Amigo Dietrich... ¿cree que yo duermo a gusto por las noches, con la imagen en mi mente de gente que no sabe en este momento lo que es comer bien? No señor... tengo una gran carga por las personas oprimidas, igual que el Santo Padre –todo esto lo decía con ímpetu, gesticulando y dando la impresión de tener sus respuestas preparadas de antemano.
- Entonces, ¿por qué no se denuncian los abusos de forma abierta? Siento decirle que me da la impresión de que no se está actuando eficazmente, y creo que Roma tiene poder y autoridad para hacerse oír... no trato de censurarles...
- No sea ingenuo. La política es una marea continua cuyas olas nos zarandean de tal modo que no podemos ver nada de lo que ocurre a nuestro alrededor. Es por eso que nuestra función no se desarrolla en ese ámbito, sino en el de la ayuda a nuestro prójimo. El Santo Padre hace lo que puede, se lo digo por enésima vez...
- Lo siento, pero sigo sin entender. ¿Hitler es el prójimo?

Kliewer suspiró, mirando una de las mil motas de polvo que se colaban por la ventana, llenándolo todo.

- Usted es luterano, ¿no es así? –y al decirlo, cruzó las manos arrugadas, en las que unas venas azuladas se extendían como raíces. De este modo, aunque pasaran horas después hablando, quedaba claro que nada de lo que Dietrich dijera calaría en la opinión de Kliewer.
- Me auto denominaría cristiano, más bien... pero sí, intelectualmente hablando soy luterano –dijo Bonhoeffer. La pregunta era hábil e intencionada. Muchos rechazaban las opiniones de los luteranos, debido a las quejas de Lutero sobre los judíos; muchos hacían hincapié en la supuesta agresión física por parte del reformador.

- ¿Y qué tiene usted que decir sobre el antisemitismo de Lutero? –adoptó un tono paternal.
- Que no estaba en contra de los judíos porque fueran judíos.
- ¿Cómo dice?
- Lutero estaba en contra de los incrédulos, independientemente de su raza y condición... él cometió errores graves, yo no lo dudo...
- Graves, efectivamente, como ponerse en contra de los pobres campesinos... por eso no puede usted juzgar nuestras acciones a la ligera.
- No estoy juzgando, sólo estoy pidiendo ayuda y consideración. Sólo quiero que hablen en favor de los judíos.
- Y le estoy dando ayuda, señor. Tenemos que pensar muy bien lo que podemos decir: si hablamos más de la cuenta, podemos desencadenar problemas de orden diplomático y no sabemos qué respuesta puede tener el gobierno alemán. No queremos provocar una tragedia.
- Apenas ha llegado Hitler al poder y les ha faltado tiempo para dar palizas a niños y ancianos... quemar tiendas y violar a mujeres... los marcan y se burlan de ellos... ¿Acaso puede empeorar más esta situación por lo que ustedes puedan decir? ¿Van a esperar a que... no sé, a que les pongan una numeración en serie sobre el brazo? No se puede ir a peor. No se puede ya evitar, porque estamos en el centro de la tragedia.
- Creo que se equivoca.
- Lo que usted diga.
- No es usted el único que critica el silencio del Santo Padre... y le diré que hasta ahora ha tomado muchas decisiones importantes y correctas para tratar todo este asunto.
- ¿Como el nombramiento de Konrad Gröber?

Gröber. Llamado más tarde «el obispo pardo». Amigo de los

nazis y de la política de concordatos de Pío XII con el Reich. Sólo con pensar en ello, a Dietrich le daban ganas de explotar y dejar de ser pacífico. Entonces la palabra «prudencia» le hacía pensar que ya llegaría el momento de estallar y quizá romper todo lo que ahora tenía alrededor: la opulencia papista, los tapices que otros sudaran para nada, la falsedad que una y otra vez encontraba, formando una muralla que el diálogo... prudencia, Dietrich.

- Se le hace tarde, señor Bonhoeffer –era la fórmula acostumbrada cuando se quería echar a alguien educadamente. Kliewer hizo un gesto de mirar su reloj, para posar a continuación sus nudillos sobre la mesa, gesto que apoyaba su invitación. Dietrich asintió, se inclinó y se dirigió rápido a la puerta, sin mirar atrás–. Dé saludos de mi parte a Bell, si logra verlo –Dietrich se detuvo, hizo amago de girarse y soltar alguna ingeniosa respuesta; tras considerarlo, decidió parpadear y salir al anochecer de Berlín.

Es curioso el tiempo: al entrar en el despacho de Kliewer, el día lucía azul, con palidez en el horizonte, y a los veinte minutos de salir, como si se hubiera derramado tinta sobre un papel blanco, todo estaba ya oscuro, impregnado de niebla y sereno de estrellas salpicando el cielo. Se encontraba cerca del zoo, y le dio la impresión de haber salido de allí, precisamente. No pudo evitar reírse ante este pensamiento y se sentó en una acera bajo una farola cualquiera, cuya luz lo aplastaba hacia el suelo empedrado. Una sombra rechoncha, coronada con un sombrero de ala ancha, le tapó. Dietrich sintió unas rodillas en su espalda y volvió a sonreír.

- Hola, Elliot... hace una buena noche, ¿verdad?
- Ya lo creo... –carraspeó y apoyó la mano en el hombro de Dietrich, mientras se sentaba y recitaba como si lo hubiera

hecho mil veces, con ese inglés británico que paladea las palabras y las acaricia–: "También debes saber esto: que en los últimos días vendrán tiempos peligrosos. Porque habrá hombres amadores de sí mismos, avaros, vanagloriosos, soberbios, blasfemos, desobedientes a los padres, ingratos, impíos –cruzó las piernas y dio una palmada en el suelo–, sin afecto natural, implacables, calumniadores, intemperantes, crueles, aborrecedores de lo bueno... –escudriñó la niebla con su vista felina, mientras tomaba aire– traidores, impetuosos, amadores de los deleites más que de Dios... –y alzó el pulgar, señalando hacia el edificio de donde Dietrich salió, y donde se apagaba una última luz. Dietrich se sumó a la declaración de Elliot, y el eco de sus voces se sumergía en la niebla– que tendrán apariencia de piedad, pero negarán la eficacia de ella; a éstos evita".

- Segunda de Timoteo, capítulo tres, del dos al cinco...

Se quedaron un instante mirándose los zapatos. Hacía un frío que parecía eterno, pero la noche invitaba a reflexionar y a conversar. Era la hora de la verdad, y no podían callar.

- Dile a Ruth que acepto esa gira por el extranjero –dijo Dietrich. Elliot se rascó la nuca y asintió lentamente.

CAPÍTULO 11

Una brizna de hierba

- ¿Volver a Alemania? ¿Estás loco?
- Visionario, en todo caso... no puedo quedarme aquí.
- Piénsalo bien, Dietrich... será un paso que no puedes corregir si te equivocas... te meterás en la boca del lobo.

Dietrich caminaba seguro por el verde césped de la residencia de St. Mark para estudiantes alemanes, en Nueva York. Caminaba seguido de su cuñado Gerhard, casado con su hermana gemela Sabine; y a su izquierda, un poco más atrasado, su amigo Frank intentaba hacerlo parar. Llevaban un buen rato caminando e intentando disuadirlo de su decisión de volver a Berlín. Un sol espléndido de atardecer los bañaba de naranja y encendía sus ánimos. Tanto rato llevaban con el tema, que la caminata pasó a ser una persecución, y la conversación se transformó en un duelo.

- ¿Qué le digo a tu hermana cuando vuelva a Londres? –preguntó Gerhard, en una última oportunidad para calmar el ímpetu de Dietrich–. Si no te quedas por ti mismo, hazlo al menos por no preocupar a tu familia.
- Tiene razón –Frank apareció al otro lado, cogiendo a Dietrich del brazo–. Tómate más tiempo. Es algo peligroso y vuestra gente en Berlín ya está lo suficientemente débil como para cargar con tu responsabilidad.

Dietrich se detuvo y miró a su amigo, por el que parecía que no había pasado el tiempo. Los conflictos raciales no le habían causado ni una arruga en su rostro.

- Mira, Frank... la responsabilidad es mía, no de la Iglesia Confesante, porque entre otras cosas ya no puede emprender acciones públicas útiles. No puede responsabilizarse más que de sus actos y su lucha constante. Todos los días me llegan noticias de las represalias que están tomando contra ella. Voy para ayudar... sé que hago falta.
- Pero te enviaron aquí, Dietrich –dijo su cuñado.
- Fue un error venir a América. No me hace sentir mejor, ni más seguro el estar a miles de kilómetros de mi casa.
- Tú mismo has dicho muchas veces que no somos dueños de las consecuencias de nuestros actos... puede ser un error mayor volver –Frank se apoyó en su hombro y le apretó ligeramente con las yemas de los dedos– ¿Quién participará en la reconstrucción de Alemania si te perdemos?
- ¿Y qué derecho tendré a colaborar en la restauración de la vida cristiana en la nación si no he vivido con los cristianos que allí están sufriendo las pruebas, una tras otra? Si no lo he compartido con ellos, no podré servir de mucho.
- Altares con la cruz gamada, Dietrich. Sacerdotes y pastores con el símbolo nazi en la solapa. No aguantarás ni diez minutos una conversación con ellos sin que te entren ganas de abofetearles... –dijo Gerhard. Pensaba que si le ponía negra la situación a Dietrich, éste se echaría atrás.
- Y si son tan cristianos como dicen, pondrán la otra mejilla, ¿no crees?
- Cuentas con nuestro apoyo y oración, pero con el debido respeto, poco puede hacer ahora el diálogo que tan bien se te ha dado otras veces.

- No te obligamos a quedarte, sólo piénsalo –dijo Frank.
- Lo sé... la verdad es que no pienso en una resistencia a nivel de iglesia...
- ¿Cómo? –preguntaron sus amigos al unísono.
- Llevo tiempo hablando con Hans...

Sus amigos se callaron largo rato. Hans von Dohnanyi era el marido de Christine, la hermana mayor de Dietrich. Trabajaba en el Departamento de defensa contra el espionaje a las órdenes de Canaris, almirante destacado dentro de un grupo de oposición al régimen nazi. Recogían documentación de los delitos cometidos por el nacionalsocialismo, conseguían ayuda para sacar del país a los judíos, establecían contactos con gente del extranjero para pedir socorro a otros países, para que apoyaran la resistencia alemana. Hans llamó a Dietrich porque buscaban a alguien para entrevistarse con líderes religiosos de varios lugares. Frank y Gerhard se dieron cuenta entonces de que el paso ya estaba dado... dijeran lo que dijeran, no podrían convencerle. Gerhard intentó por última vez, de una forma distinta y quizá desesperada, hacer reflexionar a su cuñado.

- ¿Sabes que tu último libro se está vendiendo mucho?
- Sí... ¿por qué lo dices?
- No vas a pasar desapercibido, precisamente.
- Claro que no...
- Escúchame. Si vuelves y te unes a la resistencia, lo que hay en tus libros dejará de existir en el papel y tu vida correrá más peligro.
- Es un riesgo que tengo que correr... lo he meditado mucho.
- Tendrán algo que presentar en contra tuya si te pillan. Habrá quien, incluso aunque pasaran cien años, pueda interpretarlo mal y sacar conclusiones que no...

- Vas a pasar de la teoría a la práctica, y en una época donde está mal visto ser coherente.
- Sentémonos, chicos...

Se sentaron sobre la blanda hierba. El terreno verde no era excesivamente grande, pero lo justo como para ver un cierto ondear de las hebras; parecía un mar en calma. Dietrich jugueteaba distraídamente con una brizna.

- Cuando uno escribe algo con lo que no se identifica, ni tiene que ser consecuente con ello, nunca tendrá problemas... –empezó Frank.
- Exacto –continuó Gerhard–. Tendrás dudas, porque quizá seas de los pocos que se esfuerza por cumplir lo que dice.
- Sé que tendré que ir con cuidado, que tendré dudas y que seré tan frágil como esta brizna de hierba. Pero igual que esta brizna depende de la tierra donde se ha plantado, sé que si no vuelvo a mi país, me arrepentiré.

Sopló la brizna, que se perdió con el suave viento. Así como la esperanza de que Dietrich se quedara en América.

Más tarde, cuando se hubo quedado solo, Dietrich se puso de rodillas junto a la cama que había usado durante seis semanas. Podía sentir cierto temor ante lo que se venía encima; cierta turbación; se estremecía sólo de pensar que no podía dar marcha atrás. Enseguida se acordó del versículo que tenía subrayado en su Biblia a raíz de las noticias que venían de Berlín. En el salmo 74: "Dijeron en su corazón: destruyámoslos de una vez; han quemado todas las sinagogas de Dios en la tierra". Era la viva imagen de lo que ocurría en las calles de su ciudad. Cuantas más veces leía este texto, más seguro estaba de lo que debía hacer. Siguió leyendo un poco más abajo, en silencio, y también con reverencia y gratitud: "Pero Dios es mi rey desde tiempo antiguo; el que obra salvación en medio de la tierra". Era difícil de describir la paz que recorría sus venas; la sensación de que Dios mismo le hablaba y conseguía despejar sus dudas y temores. Cuando Dios habla, es tan cálido y agradable como el agua caliente que aparta a un lado la incomodidad del agua fría. De rodillas en su habitación, apartado del mundo, privilegiado y más libre que nunca, se encontraba Dietrich cuando sonaba un timbre lejano que anunciaba la hora de la cena.

CAPÍTULO 12

El incidente del saludo hitleriano

El verano se avecinaba. El bar de Wiemer estaba lleno de gente que, animada y dispuesta a aprovechar las pocas horas de sol que tenía, cubría el ambiente de risas y del entrechocar de jarras y copas. En toda la ciudad reinaba una gran tranquilidad, a pesar de que la nación ya estaba en guerra. Una tranquilidad propia de antes de la tempestad. Nadie pensó entonces que los efectos de la guerra y la caída del Tercer Reich pudiera llegar a la capital. Eberhard y Dietrich apuraban sus cervezas, y se arrellanaban contra sus sillas.

De pronto, sonaron unas bocinas, y todos callaron, excepto una radio que anunciaba un boletín especial. El sonido indicaba una noticia de gran relevancia para el país, así que la atención era total. Una voz grave y lineal, pero a gran velocidad y excitación, anunciaba la capitulación de Francia. Un nuevo "triunfo para la nación, y una prueba más del honor del Führer, el mejor generalísimo de todos los tiempos". Los concurrentes, apenas sin asimilar del todo la noticia y menos aún sus consecuencias, rompieron en aplausos y vítores. Todos se pusieron en pie de la emoción; un par de ellos incluso se subieron a las mesas. Dietrich y Eberhard también se levantaron. La gente alzó los brazos y, como si el mismo Hitler se hubiera presentado allí, pusieron la palma hacia arriba con los dedos rígidos. Dietrich también hizo el saludo y miró a su amigo que, aturdido, era incapaz de moverse y hacer el gesto.

- ¡Levanta el brazo! –le dijo Dietrich por lo bajo.
- ¿Qué? – unos cuantos miraron a Eberhard, el único que no hacía lo mismo que todos.
- ¿Estás loco? ¡Levanta el brazo! –se acercó aún más a su oído–. A partir de ahora tendremos que exponernos al peligro por otras razones, pero no por este saludo... si nos descubren, se acabó... ¡No se preocupen, mi amigo está algo mareado por la emoción...!

Eberhard alzó el saludo obligatorio y los que le miraban dejaron de hacerlo. Entonces la concurrencia cantó el himno nacional: «Alemania por encima de todo». En la canción compuesta por Hoffmann von Fallersleben un siglo antes, obviamente con un uso distinto al recientemente asignado, se delimitaba el glorioso territorio, cuyas caudalosas fronteras variaban cada día por los arañazos de la guerra sobre el mapa. La mención a los cuatro ríos era una alusión a los objetivos claros que Hitler quería conquistar... prácticamente toda Europa.

Deutschland, Deutschland über alles,
über alles in der Welt,
wenn es stets zu Schutz und Trutze
brüderlich zusammenhält!
Von der Maas bis an die Memel,
von der Etsch bis an den Belt:
Deutschland, Deutschland über alles,
über alles in der Welt!

Dietrich miró al interior de la cafetería y vio a Wiemer con el brazo estirado pero, al igual que él y Eberhard, mantenía la cabeza gacha, sin atreverse a mirar a los lados, mientras analizaba la segunda estrofa, que proclamaba la superioridad de la mujer alemana, el vino alemán, y la nobleza de la nación.

Deutsche Frauen, deutsche Treue,
deutscher Wein und deutscher Sang
sollen in der Welt behalten
ihren alten, schönen Klang,
uns zu edler Tat begeistern
unser ganzes Leben lang:
Deutsche Frauen, deutsche Treue,
deutscher Wein und deutscher Sang!

Wiemer levantó la cabeza ligeramente y su mirada se cruzó con la de Dietrich. Júbilo en las voces de la gente. Detrás de Eberhard, un hombre cantaba con tanta fuerza que una vena florecía en su cuello peligrosamente, mientras arremetía con la última frase de la penúltima estrofa: «¡Florece, patria alemana!».

Einigkeit und Recht und Freiheit
für das deutsche Vaterland!
Danach laßt uns alle streben
brüderlich mit Herz und Hand!
Einigkeit und Recht und Freiheit
sind des Glückes Unterpfand;
Blüh im Glanze dieses Glückes,
blühe, deutsches Vaterland!

Wiemer sonrió con resignación y Dietrich le guiñó. El coro de voces seguía pidiendo unidad y libertad, con un tono uniforme, casi de misa solemne. Después, cada uno volvió la vista al trozo de suelo que le había tocado, y aguantó en silencio el aguacero.

Deutschland, Deutschland über alles,
und im Unglück nun erst recht.
Nur im Unglück kann die Liebe

zeigen, ob sie stark und echt.
Und so soll es weiterklingen
von Geschlechte zu Geschlecht:
Deutschland, Deutschland über alles,
und im Unglück nun erst recht.

Algunas de las frases del himno pesaban en el aire. Lo suficiente como para incluso estar de acuerdo con alguna:

Nur im Unglück kann die Liebe
zeigen, ob sie stark und echt[1].

[1] Nota del Autor:
La traducción de los dos últimos versos reproducidos aquí es la siguiente:
Sólo en la desgracia el amor puede
comprobar si es fuerte y genuino.

CAPÍTULO 13

María

- ¿Alguna vez has visto a la mujer de tu vida y te has sentido vulnerable, como fuera de tu cuerpo? ¿Has mirado a sus ojos y te ha parecido verte a ti mismo, ridículo e indefenso, como en un traje dos tallas más pequeño? Te paras a pensarlo un momento y, si fueras otro, cambiarías de acera para no cruzarte contigo mismo; pero amigo mío, lo más curioso del tema es que cambiaría lo que sea por encontrarme en este momento así de incómodo... es como si me encontrara apartado del mundo cuando hablo con ella y respiras el aire que lleva parte de su olor... bueno, ya sé que suena un poco cursi... –Dietrich y Eberhard se rieron. Dietrich nunca había estado enamorado de nadie hasta entonces.

Ambos se encontraban sentados en un banco, con los pies colgando. El tiempo era suave y el sol bañaba las copas de los árboles, tiñéndolos de toda la gama de rojos. El viento cálido se movía como las dunas que éste arrastra en el desierto. La estampa acompañaba la conversación sobre el amor que los dos amigos habían iniciado.

- Bueno… la verdad es que no es un momento muy apropiado para hablar de sentimientos… –opinó Eberhard, colocándose el sombrero y despidiéndose de su amigo, para que éste pensara en su noviazgo.

Lo del mal momento era cierto. La guerra estaba costando demasiadas vidas y cada uno buscaba sobrevivir a su manera, sin poder casi ni mirar atrás y sentirse melancólico. Dietrich cruzó las manos. Estaba de acuerdo con Eberhard, pero no podía obviar lo que se movía en su interior; ahora sólo tenía hueco en su mente para una persona: María.

Le había pedido que se casara con él, y la única respuesta que recibió fue la invitación a que éste hablara con su madre para pedirle la mano. Y eso hizo. Pero la madre de María dijo que a simple vista parecía una locura y que los dos tendrían que darse un año para volver a verse, con el fin de que María se tranquilizara y así pudiera reflexionar y decidir correctamente. No pasó por alto el hecho de que Dietrich era casi veinte años mayor que ella. De todo esto ya hacía dos meses y Dietrich, sencillamente –como todo hombre enamorado– estaba impaciente y desesperado. Sentía que sin María se sentía ya incompleto. No la consideraba un accesorio, como era adecuado ver entonces a la compañera del varón; era auténtica necesidad de verla y de tenerla cerca. Sus encuentros con ella eran fugaces, casi esquivos, dolorosos. No dejaban que los vieran juntos.

Escapaban del mundo, se buscaban y se besaban con los ojos. Una vez, María pasó una temporada viviendo con su tía Spes, en la calle Brandenburgischestraße, y Dietrich se dejaba caer por allí de vez en cuando; bajaban las escaleras corriendo para rozarse los labios durante un par de segundos y disimulaban, quejándose en voz alta de que esa noche no les dejaban asistir a la velada musical de la casa de los Schleicher. Corría el mes de octubre del 42, y se estremecían con sólo mirarse. Sabían ya que eran el uno para el otro.

María lo supo desde antes. La primera vez que se vieron fue en una visita de Dietrich a la casa de Ruth, su abuela, en Kieckow.

Estaban sentados junto a Konstantin von Kleist-Retzow, tomando el sol sobre unas sillas de paja, y hablaban de la confirmación de los nietos. María, de unos doce años, se les acercó y les tomó una foto; entonces oyó decir a Dietrich que era demasiado joven para la confirmación. No miró demasiado bien a aquel señor, al que retrató con la mano apoyada en la barbilla y un cuaderno abierto sobre sus piernas cruzadas. Años después, Ruth ingresó en un hospital de Berlín y María permaneció con ella para cuidarla. Era una bella joven, que siempre parecía radiante, a pesar de que su trabajo de enfermera era extenuante. Se volvieron a encontrar en una de esas tardes, mientras María salía al pasillo para tomar un pequeño descanso. Se miraron a los ojos.

- ¿Eres... María? –preguntó Dietrich. Ella asintió lentamente–. Vaya... la última vez que te vi eras... más o menos... –puso la palma de su mano hacia abajo, a la altura de su diafragma– de esta estatura...
- Tú eres Dietrich... mi abuela habla mucho de ti... –y sonrió, sonrojada.
- ¿Te acuerdas de mí?
- Sí... –lo miró directamente, y Dietrich se dio cuenta de que también él la contemplaba absorto. Intentaba apartar la mirada para no parecer descarado, pero no podía evitar posar la vista sobre aquella chica de suaves mejillas. Sonrió tímidamente.
- ¿Qué te hace tanta gracia? –se interesó Dietrich. No lo preguntó con un tono desagradable. De verdad quería saber qué podía encontrar ella de divertido en la situación. Nunca se había visto capaz de hacer sonreír a alguien. Ella lo miraba sorprendida, pero no molesta, porque entendió la pregunta y la intención en el momento.
- Recuerdo que la primera vez que nos vimos no me caíste demasiado bien.

- Ah… ¿de verdad? Bueno… lo siento… no pretendí caerte mal –esta disculpa hizo que María dejara a un lado su timidez y se riera de buena gana. Dietrich quería arreglar su fallo, cualquiera que fuese, aun sin saber siquiera qué podía haber hecho mal. Eso le gustó a María.
- No te preocupes. Yo sólo era una cría –cayó en la cuenta de que estaban hablándose de tú a tú, con toda naturalidad, como viejos amigos. Comprendió de este modo que había algo… aunque pasaron semanas hasta que ninguno de los dos se lo creyera o quisiera creérselo.
- ¿Cómo está tu abuela? –dijo Dietrich, cambiando de tema, tras percatarse de que se avergonzaba como un chiquillo al que descubren en una trastada.
- Bien… mejor… esperaba verte un día de éstos –se fijó otra vez en los ojos caudalosos de Dietrich; aquellos en los que no tardaría en querer arrojarse–. Me habla bastante de ti. Dice que no es difícil apreciarte –y calló, tapándose la boca para no dejar escapar sus palabras.
- ¿Es un mal momento para verla? –nunca se había sentido tan sofocado. Hasta entonces pensaba que el momento en el que más nervioso había estado era parapetado tras un púlpito.
- No, no, en absoluto, de hecho estaba estirando un poco las piernas –se rascó el mentón distraída y le señaló la puerta.

A esta visita siguieron otras. Al principio una vez por semana, y luego tres tardes. Se dejaba ver bastante por allí, cada vez más veces y durante más tiempo, a pesar de que Ruth se encontraba mucho mejor. Ella no decía nada, pero sabía perfectamente que Dietrich no iba solamente a visitarla a ella. Daba largos paseos con María por los pasillos de color verde pistacho del hospital. Hablaban de problemas de la sociedad, como la emigración… de profesores escleróticos, de Rilke y de Lili Marlen. Y un día, bajo un almendro enfermo, se dieron un torpe beso. El primero, perecedero e inolvidable, que detenía el tiempo y hacía desaparecer el suelo.

Durante la velada musical en casa de los Schleicher, mientras el mundo estaba ajeno a ellos, Dietrich tomó la mano de su novia, la llevó a la parte trasera de la casa de su tía y le dijo:

- Llevamos tiempo juntos…
- Lo sé.
- No sé qué vas a decir de esto, ni qué pensarás de mí… si soy demasiado atrevido…
- ¿Estás bien? Tiemblas.
- ¿Quieres casarte conmigo?

Se hizo el silencio por un momento, que pareció más prolongado de lo normal.

- Sabes mi respuesta, Dietrich –dijo ella–. Tengo que decir que es el momento de que hables con mi madre y le pidas mi mano.
- ¿Entonces, eso es un sí?
- Lo sabes… pero te contestaré –y, en efecto, al poco tiempo llamó a Dietrich para decirle que se casaría con él.
- Te quiero.

Se besaron. Había leche y miel debajo de sus lenguas.

CAPÍTULO 14

Un plan y una detención

Otra bomba –sonó una voz que provenía del fondo de la habitación donde el almirante Canaris (bajo cuyas manos estaba la Abwehr) y sus agentes de confianza (Dietrich incluido) se hallaban reunidos.

Hacía tiempo que la idea de un atentado sobrevolaba por encima del grupo. Empezaban a darse cuenta, a preguntarse, si quizá no era ésta la última salida. Cada vez resultaba más difícil ocultar las actividades de espionaje del grupo, y la tensión podía jugarles una mala pasada. Llegaban ciertos rumores esperanzadores para la conspiración acerca de los sutiles avances soviéticos, y eso les daba todavía más alas para imaginar. Pero, ¿el asesinato de alguien, hasta tratándose de Hitler? Ya se había intentado antes, cuando el núcleo del general Henning von Tresckow colocó una bomba que nunca explotó en el avión del Führer. Canaris y Reinhard Gehlen, que también formaba parte del equipo de espionaje, llegaron, cada uno por su lado, a la conclusión de que lo mejor era acabar pronto con la situación, que les ponía a todos en un lugar demasiado complicado. Una forma era disolver el grupo y confiar en los rusos, la otra acabar con Hitler cuanto antes.

Hacía un frío eterno en el lugar de la reunión. Era una habitación con una caldera que jamás se había encendido. Alrededor de una mesa vacía, se encontraba un grupo de personas muy importantes:

- ¿Otra? Pero es una locura... otro fallo más y estamos perdidos –el mariscal Rommel, agitando su cabeza, encendió un cigarrillo más, el eterno penúltimo, y peinaba su nuca con las yemas de los dedos–. En fin, ya saben que cuentan conmigo –añadió, cuando sonaron suspiros de cierta reprobación–, pero... creo que tenemos que pensar demasiado bien la jugada, porque hasta ahora quien lo ha intentado, no ha tenido demasiado éxito.
- Tiene razón hasta cierto punto, y comparto el miedo al fracaso, porque esta vez no nos esperará un mes de prisión si nos cogen... lo siguiente será la muerte –Friedrich Olbright, jefe del Estado Mayor, que sacudía el fondo de su pipa y miraba muy directamente a los ojos de los presentes, como queriendo explicar, igual que un profesor a sus alumnos de diez años, a qué se exponían. Se notaba gravedad en su voz–. Es el momento de pensar en nuestros actos.
- Entonces está claro –dijo la voz desde la sombra. La voz pertenecía a Klaus von Stauffenberg. Era un aristócrata católico, un héroe de guerra mutilado por la metralla y los alambres de espino de las trincheras. Estaba en una posición favorable para la resistencia antinazi, porque tenía acceso a las conferencias militares de Hitler–. ¿Qué piensa, Dietrich? –dijo, mientras se arrellanaba en su asiento. Dietrich estaba de pie junto a la puerta, apoyado en una columna, los brazos cruzados, la cabeza gacha mirando el suelo.
- El otro día paseaba y vi a una madre con su hija, frente a un escaparate. Todavía no se había borrado la estrella blanca de la pared de la fachada. La hija le preguntó a la madre, con toda su inocencia, apuntando con el dedo: "¿Qué quiere decir eso, mamá?". La madre miró la tienda, cerrada, con los cristales rotos y el interior vacío; suspiró y miró a su hija, mientras le abotonaba el abrigo, y le dijo: "Significa que los dueños

de la tienda no han sido buenos con Alemania" –Dietrich miró al techo y luego al resto de los presentes–. Creo que va siendo el momento de cambiar las cosas –caminó hacia Stauffenberg y le puso la mano en el hombro–. Ya he dicho otras veces que el pueblo no se da cuenta de quién es Hitler, mientras que el ejército y los políticos, que son los que más cerca están, ven las cosas de otra forma... y eso sí que es ser malo con Alemania... Me gustaría buscar otra forma más agradable de decirlo, pero nos enfrentamos a una manifestación del espíritu del anticristo... así lo veo yo, al menos...

- Aterrador –dijo Rommel.
- Y por eso vamos a ponerle fin, caballeros –sentenció Stauffenberg.
- ¿Significa eso que ya hay un plan trazado? –preguntó Olbright, apoyando los nudillos sobre la mesa.
- Claro que lo hay –todos sonrieron, nerviosos, cómplices. En ese momento, dieron un paso totalmente irreversible, y condicionaron su futuro. Stauffenberg se puso en pie y puso una carpeta sobre la mesa desértica. Rommel se acercó.
- Y, ¿tiene nombre ese plan? –inquirió.
- "Operación Walkyria" –anunció Stauffenberg. Se dieron cuenta entonces de quién era el principal estratega de la operación.
- Bonito nombre. Muy irónico –dijo Olbright.
- Gracias, es mérito mío. Canaris y Gehlen están de acuerdo.
- ¿Ya ha hablado con ellos? –preguntó Dietrich.
- Han averiguado quién es el topo.
- ¿Quién?

Siempre había existido en el grupo conspirador la duda de que alguien filtrara información de sus actividades a Hitler, causa probable del atentado fallido en el avión.

- Canaris dijo a Gehlen que el topo era Martín Bormann –la noticia fue una conmoción. Todos sabían bien qué clase de individuo era Bormann. Éste había sido co-autor de un asesinato, lo que sirvió para entrar como jefe en el gabinete de Rudolf Hess, el alto dirigente del partido nazi. Bormann era un anti-cristiano convencido, y reactivó la orden de Hitler de destruir las iglesias de Berlín, una orden que había sido pospuesta para la posguerra.
- Pero, ¿hay pruebas? –sugirió alguien. La acusación era grave, y tenían que estar seguros–. He oído también que más bien Bormann estaba filtrando información a los rusos... hay algo que no encaja...
- Bormann y su grupo transmitían mensajes codificados a Moscú... está comprobado –agregó Stauffenberg, antes que nadie dijera nada–. Cuando Hitler se enteró, Bormann dijo que lo estaba haciendo para engañar a los rusos, recordando al Führer que él mismo había dado luz verde a esas transmisiones... con esta maniobra ha ganado la confianza del Reich y ha confirmado nuestras sospechas. Pero nos impide vigilarlo, puesto que ahora cuenta con protección especial, debilitando así la posición de Canaris y la mía propia dentro del gobierno.
- Otra razón para ir a por Hitler –apuntó Olbright.
- En efecto.
- ¿No nos hemos olvidado de alguien?
- Encargarse de Himmler y de Goering va a ser algo imposible en este momento –respondió Olbright, adelantándose.
- Exacto.
- Hay un detalle... –Dietrich sentía que formaba parte del plan, pero se encontraba un poco desorientado; estaba rodeado de altos mandos militares... ¿qué podía hacer un intelectual en el plan?

- Dietrich –dijo Stauffenberg, que lo miraba fijamente. Parecía haber leído en sus ojos los pensamientos–. Necesitamos una especie de embajador que hable con nuestros contactos en el extranjero. Nuestros predecesores cometieron el fallo de limitarse a la realización del atentado, y no hicieron bien el trabajo de movilizar las fuerzas que ejercieran el poder tras la desaparición de Hitler. Esta vez no podemos cometer este fallo, y su ayuda es vital. Con sus contactos ecuménicos podremos conocer las condiciones de paz de los aliados.
- Tendré que mudarme...
- Hay preparada una oficina en Munich, esperándole.
- ¿Y el proyecto 7? –preguntó Dietrich, preocupado. Era importante para él seguir en los preparativos de esta operación, porque permitiría poner a salvo a varios judíos del país. Era la parte del plan de conspiración que consideraba más útil, y quería estar ahí. Lo único que no le gustaba de todo era que estaría lejos de María, otra vez.
- No se preocupe. Le tendremos informado –Stauffenberg le sonrió como un padre–. Parte del éxito o el fracaso del plan se lo debemos a sus conversaciones. Le proporcionaremos trabajo, sustento, y será asignado informante político del departamento de Defensa de la Wehrmacht. Será una buena tapadera, porque estará bajo la supervisión del coronel Oster.
- Eso es tranquilizador... se lo agradezco.
- Bien –Stauffenberg se giró–. ¿Alguna pregunta, caballeros? –no se oyó ni un murmullo– ...pues se levanta la sesión.

Se despidieron efusivamente: apretones fuertes de mano, palmadas de apoyo, guiños. Se apagaron los cigarrillos, se calaron los sombreros y abrieron la puerta, que daba a la pequeña habitación contigua. Salieron de uno en uno, por espacios de cinco minutos. Dietrich se quedó el último, de espaldas a la puerta, pensando y como encerrado en las entrañas de la tierra. Un rayo de luz que venía de fuera lo envolvía. Al rato entró Wiemer y Dietrich volvió a la realidad.

- Te traigo una cerveza… es algo distinta –le tendió una jarra. El color de la cerveza era pardo. Sopló la capa de espuma, que era un poco más fina que de costumbre.
- Muy buena.
- Es irlandesa.
- ¡Puagh! –se rieron de la broma, y luego se quedaron en silencio–. Wiemer...
- ¿Sí?
- Gracias por dejarnos el refugio.
- No hay de qué... esos señores...
- Sí, son importantes...
- ¿Qué somos, Dietrich? Quiero decir... ¿qué nos hace valer lo que somos?
- No lo sé... es una buena pregunta... los buenos pensadores siempre hacen buenas preguntas, y pocas veces saben responderlas, pero estoy ahora preguntándome eso precisamente.
- ¿Has puesto algún punto y coma en tu vida? –Wiemer se puso un trapo sobre el hombro y se metió las manos en los bolsillos.
- Sí... alguno. Necesito más tiempo para pensar.
- Bueno, he de volver a...

Dietrich se volvió a quedar solo en la habitación, apurando distraídamente su cerveza.

Karl Bonhoeffer entró como una exhalación en la antigua habitación de Dietrich, que la familia convirtió en anexo a la biblioteca; la habitación estaba prácticamente igual que cuando él se fue, sólo que en ella se guardaban los libros más susceptibles, más amenazantes para el Reich, más inflamables. Paula, la madre, lo seguía.

- Los libros... hay que... taparlos... ya me estoy haciendo mayor... para subir los escalones... de tres en tres –decía todo esto mientras sacaba de debajo de la cama unos tablones con los que tapó los estantes con los peligrosos libros. Después metió la mano en el hueco entre la estantería y la pared y sacó una cuerda. Tiró de ella y, con un casero pero eficaz sistema, y en cuestión de unos segundos, una cortina cubría toda la pared donde se encontraba la estantería. Karl se secó el sudor de la frente con la camisa y miró a los ojos a su mujer.
- ¿Cuándo llegará Dietrich? –dijo ella.
- Tomó el último tren de anoche... ya no tardará demasiado.
- ¿Qué va a pasar ahora?
- No sé, Paula, no sé...

Se apoyó en el quicio de la puerta, jadeando aún. Alguien llamó a la puerta con golpes fuertes. Paula sollozó un momento, pero se contuvo. Karl la besó y bajó otra vez corriendo. Era Eberhard.

- ¿Ha llegado ya? –dijo, respirando con fuerza.

Karl negó con la cabeza y puso su escurridiza mano en el pomo.

- Pasa –cerró con firmeza y se puso en jarras–. Eberhard...
- Sólo sé una parte de la historia...
- Dime lo que sepas.
- Han relacionado a Dietrich y a Rüdiger con Hans y creen que sabe algo de la conspiración... han estado en su oficina en Munich y luego la han destrozado, buscando información. Nadie

sabe dónde está, sólo tengo el telegrama que me mandó y aquí estoy... sé tan poco como vosotros.

- ¿Puso él la bomba?
- No, él estaba a miles de kilómetros cuando intentaron matar a Hitler. Estaba en Suiza, o en Italia... no lo sé con seguridad. En todo caso estaba lejos.
- Ahora me entero.
- Yo me enteré anoche... ha hecho bien en no decir nada, las SS podrían estar viniendo hacia aquí... Creo que no va a pasar nada. Le retendrán unas horas, le preguntarán un par de cosas y luego le soltarán... él sólo se encargaba de contactos ecuménicos.
- Si sólo le van a preguntar, ¿por qué destrozan su oficina?
- Están nerviosos... nada más... no va a pasarnos nada. A ningu...

Sonó un grito arriba y un ruido de pisadas fuertes. Los dos hombres saltaron de los sillones donde se habían sentado y subieron atropelladamente. Sonaba un ruido en la planta superior como de ropa cayendo contra el suelo. Eberhard se tropezó. Vio a Karl quedarse inmóvil, suspirar de alivio y caer sentado en el suelo. Se levantó y se asomó a la puerta de la habitación de Dietrich. Allí estaba él, abrazado a su madre. La ventana estaba entreabierta y un viento fresco llenaba la habitación.

- Estaba preocupado por los libros de papá –dijo Dietrich, disculpándose.
- Nos tenías muy asustados –dijo Paula, despeinándole.
- Lo sé, lo siento. ¿Y María?
- En casa de sus padres.
- No va a pasar nada, ya lo veréis, sólo quieren sacarme información. Por eso no quería que vieran los libros que papá tenía aquí.

- Eso les dije yo, pero... –aseguró Eberhard.
- ¿Veis? Mientras más se centren en mí, de menos cosas tendréis que preocuparos.
- ¿Cuánto hace que no pasas por tu oficina? –preguntó Klaus, poniéndose de pie.
- Una semana quizá... –y al ver que todos se ponían serios, añadió algo más– ¿Por qué?
- Me han llegado noticias de que han estado en Munich buscándote.
- Ah... ¿hasta allí? Bueno, rara vez estoy allí. A decir verdad, pasaba algunos ratos escondido en Ettal, escribiendo...
- ¿Tienes un nuevo libro?
- Tengo para varios libros... bueno, son pequeñas reflexiones por ahora, no más de tres páginas, pero me estoy esforzando todo lo que puedo. Entre Ettal, donde tienen una biblioteca muy buena y el Europäischer Hof, donde hay pocos turistas y mucha tranquilidad... ah, por cierto... –sacó unas cuantas páginas dobladas y mecanografiadas, se las tendió a su padre– escóndelas, son muy importantes...

Su padre las cogió y leyó la primera frase: PRÓLOGO. Después de diez años. Balance en el tránsito al año 1943.

- Nunca se sabe... ¿eh, Dietrich? –era obvio que ninguno quería decir nada, pero bajo la aparente calma de Dietrich había una ligera inquietud. Si pasaba cualquier cosa... aunque a veces se descubría a sí mismo preguntándose a quién intentaba engañar. Miró ahora a su madre, y sabía que ella adivinaba esos intranquilos pensamientos que le rondaban la cabeza; por eso ella lo tenía firmemente agarrado del brazo.
- El original lo tiene Eberhard –dijo.
- Y Hans también –asintió Eberhard.

- Cuantas más copias haya, mejor... este texto es importante para mí.
- Aquí estará seguro –dijo Klaus. Acto seguido se subió a la cama de Dietrich y descolocó un trozo del techo, dejando un hueco tan amplio que todos podían ver el tejado. Allí quedó oculto el escrito hasta después de la guerra.

Llamaron a la puerta principal y el grupo entero se estremeció. Eberhard corrió y abrió lentamente, escrutando por la rendija de la puerta. Al ver quién era, sonrió y abrió de par en par.

- Está aquí –dijo.

Dietrich fue al encuentro de María, que estaba en el umbral y casi no se atrevía a entrar. Se abrazaron en un lento atardecer. El tiempo quería detenerse, pero no podía, y lo inevitable acabó llegando. Al abrir los ojos vio a dos guardias que le pedían desprenderse del abrazo, que todavía era suyo. Un abrazo tan dulce y tan raro. Mientras lo conducían al coche, Dietrich miró atrás e hizo una foto con su memoria de sus padres, Eberhard al fondo con la mano rascándose la nuca, y María, que se tapaba la nariz con las dos manos. Con el rabillo del ojo vio cómo se cerraba la cortina de la casa de los vecinos. Siguió mirando a su familia, sentado en la parte trasera del coche, hasta que la imagen se transformó en un punto pequeño de azabache, en una lejanía rodeada de nubes. Dejaron atrás la casa, la calle, el barrio, la ciudad... y se adentraron en campos de trigo donde el hambre que se avecinaba sólo podría cultivar soledad y espinos. Dietrich sabía, en cierto modo, a dónde se dirigían. Pero sin saber aún, ahora menos que nunca, cómo acabaría su historia.

«La huella de mi más leve movimiento
queda marcada en el silencio de seda;
indestructiblemente se graba la más tenue emoción
en el tenso telón de la distancia.
Con mi respiración se elevan y se hunden
los astros.
En mis labios abrevan los aromas
y noto las muñecas
de ángeles lejanos.
Sólo a ti, en la que pienso,
sólo a ti no te veo».

(Rainer Maria Rilke)

TERCERA PARTE

Prisión

"Mis ojos pondré en los fieles de la tierra,
para que estén conmigo..."

(Salmo 101:6a)

CAPÍTULO 15

1943/Tegel

El centro de nuestra vida se halla fuera
de nosotros mismos,
hasta el punto que ya no nos podemos considerar
como individuos aislados.

(Dietrich Bonhoeffer)

Nada más llegar a la prisión de Tegel, tras comprobar si estaba circuncidado y recorrer numerosos recovecos y escaleras, encerraron a Dietrich en una celda para recién ingresados, una celda fría e inmunda. El sonido seco de la puerta pesada al cerrarse, permaneció en su memoria ya para siempre. Echó un vistazo a la celda, que tan solo contenía un camastro apestoso con unas mantas nauseabundas. El silencio y un goteo distante hicieron que Dietrich se diese cuenta definitivamente de la realidad. Caminó un rato, hasta que la fatiga lo obligó a sentarse en el suelo. La celda medía cuatro pasos de largo por cinco de ancho. El suelo estaba sorprendentemente liso, pero lo sentía duro; quizá fuera así por el cansancio. Se acurrucó en una esquina y se preguntó si cogería una de las mantas. Sólo con verlas, desechó la idea. Tenían un color áspero incluso en la oscuridad azul marino que le rodeaba. Tanteó con la mano la superficie bajo sus pies. Visto desde fuera, era como si permaneciera encadenado en el fondo de una piscina. ¿Cuánto duraría esto? ¿Lo trasladarían de celda? ¿Tenía hambre, tenía miedo? Era tan extraño contemplarse así: una mota de polvo.

Le despertó el ruido de la rejilla y un sonido de algo que arrojaban al interior de la celda, y que rodaba por el suelo. Se frotó los ojos, sorprendido de haber conciliado un poco el sueño. Al incorporarse ligeramente, se percató de verdad de lo duro que era todo: las paredes, el techo, el aire, su situación. No se hacía preguntas; más bien veía reflejada en la pared una proyección de lo que le ocurría, como si Dietrich se hubiera desprendido unos instantes de su cuerpo y se contemplara aislado, en cuclillas. Volvió a la realidad, ascendió de ese pequeño pozo, cuando se acercó a la puerta y contempló lo que intentaba ser un desayuno, o una cena: un pan –el objeto que había rodado por el suelo–, y una taza de café tan negro como las esquinas de la celda, que contenía tres cuartas partes de posos. De pronto, su sentido del oído también salió del letargo, y empezó a oír los gritos lejanos de los guardias insultando salvajemente a los detenidos. Este sonido se convirtió en incesante durante sus primeros días en Tegel. Algunas noches, el detenido de la celda contigua lloraba tan alto, que apenas podía echar una cabezada.

Tenía plenamente prohibida, hasta nueva orden, toda correspondencia y visita, así como la media hora de paseo al aire libre que disfrutaba el resto de los presos. Tampoco podía fumar, afeitarse, leer el diario ni escribir. Por eso, para no perder el sentido ni la sangre fría, Dietrich se había buscado algunas ocupaciones: dar vueltas por la celda, buscar una esquina apropiada para orar, y calcular la hora por los escasos acontecimientos del mundo exterior. Tales acontecimientos eran los gritos de al lado, los pasos que caminaban por los pasillos, y el sonido de la rejilla donde hacían pasar el sucedáneo de comida y el de la puerta para sacar la cubeta de las necesidades. También intentaba distinguir entre los distintos tipos de sonidos. No eran iguales los pasos rítmicos y casi tranquilos de las horas de guardia, que los apresurados y atropellados momentos en que los carceleros entraban en los calabozos para apaciguar los ánimos alterados de algunos detenidos. Incluso había sutiles cambios en los gimoteos de los presos. El único ruido que no variaba era el de la rejilla, hasta que un día se abrió y era introducido en el interior un objeto más pesado de lo normal. Dietrich había adquirido la habilidad de acercarse a la puerta y poner las manos para evitar que el pan duro saliera rodando. Cuando puso las manos y le cayó el objeto en las manos, sintió un inmenso alivio y una cálida lágrima le brotó del ojo. Acarició el lomo del objeto y sollozó. Era su Biblia. No sólo le estaba prohibido leer en esos primeros días; le habían arrebatado su Biblia y le habían arrancado algunas páginas hacia la contraportada, en busca de sierras o navajas de afeitar de contrabando. La abrió por uno de sus textos favoritos, y al leerlo sintió una indescriptible paz: "Pacientemente esperé a Yahvé, y se inclinó a mí, y oyó mi clamor. Y me hizo sacar del pozo de la desesperación, del lodo cenagoso; puso mis pies sobre peña, y enderezó mis pasos".

Los recién detenidos estaban puestos en fila. A duras penas si podían mantenerse en pie, debido al entumecimiento en las piernas. Un carcelero pasaba rápidamente frente a ellos, pasando una apresurada inspección. Echaba una ojeada rápida al individuo, y decía en voz alta la razón del encarcelamiento. Unos eran llamados vagabundos, otros desertores. Al llegar junto a Dietrich, se paró y le soltó, mirándole fijamente al entrecejo:

- ¿Ya sabe por qué está aquí? –Dietrich se quedó una vez más desconcertado por la pregunta. Esperaba un insulto.
- No. Lo desconozco.
- Bien –el carcelero dibujó una sonrisa repleta de sarcasmo–. Ninguno sabe por qué está aquí –y levantó la voz para asegurarse de que todos lo oyeran–. ¡Ya se enterará antes de lo que se imagina!

Cuando eran pequeños, Dietrich y su hermana Sabine tenían un juego muy peculiar: se ponía cada uno a un lado de la pared que separaba sus habitaciones. Cuando uno dejaba de pensar en la muerte, golpeaba secamente con los nudillos en la pared, y le pasaba el turno al otro. Así pasaban algunas gélidas noches de invierno, en el blanco Berlín. La muerte formaba parte importante de sus conversaciones infantiles: qué había detrás; cómo querían ser sorprendidos por ella; si todo estaba a oscuras y sólo verían el blanco de los ojos de los que hubiera en ese lado…

Ahora golpeaba los nudillos de igual modo en la pared de su celda. Si su habitación en Tubinga era pequeña, la celda que ocupaba en algún lugar recóndito del último piso de la prisión militar aún resultaba más incómoda, aunque al menos ya estaba en una cámara más humana que la destinada a los recién ingresados; aquí al menos podía echarse sobre el camastro, leer, caminar un poco, y redactar una carta cada diez días. Lo que no podía hacer aún era recibir las cartas a las que respondía. Pero pronto esta prohibición se quebrantó continuamente, a veces por las escasísimas demostraciones de humanidad de algunos carceleros, a veces gracias a los sobornos... esta última opción era la más habitual.

Estaba amaneciendo y ya se disipaban las sombras que formaban monstruos devoradores de sueños, para dejar lugar a los tres muebles que, junto a la cama, vivían como reclusos. De hecho, tras varios días en prisión, un ser humano poco se diferencia de un mueble. Un nuevo mes de abril nacía, pero el tiempo deja de ser tiempo cuando no se tiene conciencia del mismo.

Debían de ser cerca de las seis de la mañana, porque al otro lado de la ventana sonaba el mirlo blanco que cantaba al levantarse y ponerse el sol. Desde su ingreso en la cárcel militar, lo escuchaba todos los días, y éste era uno de esos detalles que hacía su condición más soportable. Era uno de esos momentos en los que las rejas y los muros se deshacían como arcilla, y su mente se despejaba, podía escapar y volar como ese mirlo. Estos detalles le animaban y le hacían entrar en calor, le impulsaban a escribir. Lo material se desvanecía y pasaba a un segundo plano. La canción del mirlo le recordaba en cierto modo un himno que seguía haciendo eco en su interior: "Alaba al Señor, el rey poderoso... en cuántas necesidades no ha extendido el Dios misericordioso sus alas sobre ti". Dietrich necesitaba orientarse en su interior.

Se incorporó, sentándose en su camastro. Tenía sus manos sobre las rodillas, sintiendo un ligero tacto rasposo. Los pantalones empezaban a desgastarse. Miró a su escritorio, y acarició la tapa de su Biblia. Cogió un folio del montoncito de papel de cartas.

Gracias por el pan y el chaleco de lana, escribió. Llevaba puesto el chaleco, y lo acarició. Entraba un poco de viento fresco por la ventana, y al posar las yemas de los dedos por el chaleco, sintió una caricia eléctrica. Releyó una vez más la carta, mordisqueó la punta del lápiz, y continuó un poco más abajo: **Para mí, la soledad no es algo tan desacostumbrado como para otras personas y seguramente constituye un buen baño de vapor espiritual**. Partió algunas palabras en dos con una raya horizontal, y se dirigió con el grafito blando al final de la carta, al hueco que había destinado para la posdata: **Cuando podáis, entregad aquí para mí zapatillas de casa, betún, papel de cartas, tinta, la tarjeta de fumador, jabón de afeitar, agujas de coser y un traje (el que llevo puesto ya empieza a cambiar de color de modo sospechoso). Muchas gracias por todo y recibid un saludo muy cordial de vuestro – Dietrich**. Lo escribía todo de corrido, y separaba los párrafos por guiones, para no desperdiciar papel. Era muy complicado escribir las cartas, pues tenía que meditar mucho tiempo las palabras y los huecos que éstas ocuparían luego sobre el papel bilioso.

Dejó la Biblia sobre la mesa, abierta por el Salmo 68. Se frotó la frente ardiente, y elevó una petición a su Dios temible, que desde Su

Santuario le escuchaba. Le pidió la ruptura de las armas. Su compañero golpeaba con el puño en la pared, mientras empezaba su particular letanía de lamentaciones. Eran las cuatro y media, y había dado ya cuenta de sus 15 gramos de embutido y de la insustancial sopa que debía contener algo de carne. Levantó el delgado colchón del camastro y hundió sus dedos en la cicatriz con forma de siete al revés que le había practicado. Sacó un cigarrillo, lo apretó entre sus labios y con un mañoso movimiento encendió una cerilla frotándola contra la suela de su zapato. Aplicó la llama y guardó la cerilla. Caminó un poco, y contó los pasos: 4x5. A veces tenía que dejar de trabajar y caminar una media hora, para no volverse loco, especialmente cuando el pobre elemento de la celda de al lado se ponía a gritar hasta quedarse ronco. Al principio, los guardias lo callaban a palos, pero acabaron dejándole por imposible. Le daba asco el trato de la mayoría de los carceleros. Acababan de comunicarle la razón de que estuviera en una situación más llevadera: Paul von Hase, primo de su madre, y responsable de las prisiones militares, había preguntado por él; de inmediato, con la eficacia de la hipocresía más rastrera, le habían destinado a la celda que ocupaba ahora y se le habían ofrecido ciertos privilegio, como volver a ver carne en la sopa; pero él pidió un trato igual al de los demás, y nada de favores. No se hubiera sentido cómodo. Había sorprendido a algunos que se jactaban en su charla de que si se les acusaba de maltratar a los detenidos, les creerían a ellos, ya que siempre había una coartada. Otros, que habían incluso preparado un repertorio de insultos para Dietrich, se disculparon cuando se enteraron de sus relaciones, y se mostraban con pegajosa cortesía.

Pero siempre podían aparecer sorpresas. También existían carceleros justos; a pesar de ser una minoría clara, existían. En cierto momento, uno del que Dietrich nunca sabría su nombre, se le acercó.

- Señor Bonhoeffer...
- Sí –dijo Dietrich, débilmente. Empezaba a acusar síntomas de asma y resfriado.
- ¿Conoce usted al señor Martín Niemöller?
- Sí... así es –y se acercó más, con el corazón en la garganta, temiendo que le iban a dar una mala noticia– ¿Por qué?
- Se trata de un buen amigo mío –dijo el carcelero, tras lo que se giró y desapareció entre los claroscuros del pasillo.

Viernes santo. Dietrich caminaba ahora por el patio de la prisión. Podía salir cada día media hora para hacer ejercicio y encontrarse en la realidad. La relación con los carceleros se estaba haciendo más llevadera, aunque aún había algo de tensión. En cualquier momento, los presos tenían la sensación de que emplearían las porras contra ellos bajo cualquier pretexto, lo que les hacía desconfiar. En el patio reinaba por lo tanto un silencio asfixiante. Pero Dietrich tenía otras preocupaciones en la cabeza. Parecía que la situación era más estable, e incluso estaba leyendo mucho, pero le faltaba la concentración suficiente para trabajar en serio en su ética. Le preocupaba el ánimo de María, y el estado de salud de la abuela de María. Le preocupaba su propia situación, y cuánto duraría. Le preocupaba que su familia estuviera preocupada.

De las 24 horas del día, utilizaba unas 3 para pasear. Caminaba sin parar unos cuantos kilómetros, dando vueltas, con una mano en el bolsillo de su pantalón marrón, sujetando con la otra una carta de Hans, y las suelas desgastadas arañaban el suelo, levantando pequeñas virutas de piedra caliza. La carta también le preocupaba. En ella decía que se sentía culpable de la situación en que le había metido. Pero no era así; Dietrich se había metido él solo al entrar en la conspiración. Firmó los papeles que el contraespionaje del Reich encontró en casa de Hans, que él mismo quería destruir y al que

Oster y los otros habían convencido para que no lo hiciera. Dietrich no le reprochaba nada. Sus reproches más imaginativos se los dirigía a Roeder, inspector de Justicia Militar en el Tribunal de Guerra del Reich, por rechazar las continuas peticiones de sus padres de visitar la prisión. Su antipatía iba dirigida a los que le retenían allí sin pruebas suficientes aparte de ese papel que lo relacionaba veladamente con Hans. Estaba resentido con la poca amabilidad general de los carceleros, ya que consideraban a los detenidos como criminales, lo fueran realmente o no. También con los presos que sólo pensaban en sí mismos. Sobre todo, estaba molesto con el hecho de que nadie le mostrara todavía la orden de detención.

Se sentó en una esquina, ya que le dolían los talones. Miró al suelo y vio un gusano que se retorcía. Lo pisó con la punta del zapato y contempló cómo se aplastaba y luchaba hasta cuando retiró el pie. Una sombra le tapó el sol y sus pensamientos, y alzó la vista. Era un señor regordete, de buen aspecto, de traje a rayas. Puso su mano a modo de visera. El hombre estaba rojo y, al inclinarse hacia Dietrich, se apreciaba que sus ojos aún estaban más sangrientos.

- ¿Hola? –dijo Dietrich, no muy seguro, y mirando alrededor. El tipo no se movió. Se miraron unos instantes, y cuando Dietrich estaba a punto de probar otra palabra, u otro idioma, para hacerle reaccionar, el caballero hizo una reverencia y se marchó, dando pasos muy cortos, con su silueta casi arrastrándose como el gusano que ya había muerto.

Los pensamientos se elevan muy por encima del destino personal hacia el último sentido de toda vida, de todo sufrimiento y de todo acontecer y que uno concibe una gran esperanza. Dejó la pluma, que le había costado tres cigarrillos y unos cuantos granos de café, y cerró los ojos. María estaba rodeada de blanco y movía los labios, diciendo algo que no alcanzaba a percibir.

- ¿Qué dices, María? –y prestó más atención, aun sin despegar los párpados.
- ...cuas.
- Habla más alto, querida.
- Felices pascuas.

Abrió la vista, que la notaba húmeda. Se puso en pie y se dirigió a la puerta de barrotes.

- ¡Felices pascuas a todo el mundo!
- ¡Felices pascuas! –contestó alguien.
- ¡Felices pascuas!

Y así se fueron felicitando unos a otros, sin envidias ni rencores, extendiendo un murmullo imposible de acallar.

A medida que iban avanzando los días, cada vez más deprisa, y gracias a que se iba instalando con él en su cuarto una relativamente agradable rutina, tenía sueños cada vez más hermosos. Soñaba con paseos con María por verdes campos; pensaba en sus días en Finkenwalde, en Barcelona, en Munich; en el interior de su sueño Frank, su compañero en el Union Seminary, no sufría por los problemas raciales; charlaba con Barth en Bonn, como Lutero hizo con Zwinglio, como amigos, a fin de cuentas, como podía hablar, reír y discutir con von Harnack, con su hermana Ursel, con Ruth; Hans no tendría por qué sentirse traidor; veía con claridad las nochebuenas pasadas, jugando con sus otros siete hermanos, con su tren eléctrico Märklin, con la cena y los postres que a su abuela se le daban de miedo (delicados lebkuchen, götterspeise de colores cálidos, spekulatius...), con las historias de Max y Meritz, y Struwwelpeter... paseaba por el Berlín que recién estrenaba los almacenes Woolworth... se desplazaba en sus realistas sueños, que casi podía tocar y saborear, por los momentos y lugares de su vida que le pertenecían, y por los que se sentía totalmente libre... imaginaba la próxima boda de su sobrina Renate con su amigo Eberhard, a la que ya esperaba no poder asistir... soñaba que no dormía en un camastro, sino en su casa de Grunewald, ajeno al cambio interno tan fuerte que suponía su retención.

Desde que cenaba a las 4, hasta las 8, hora en que se dormía, la espera del momento del sueño le llenaba de alegría. Se dormía recordando los pasajes leídos durante el día de Schilling, o de Stifter, o de Gotthelf... y su mente viajaba de esos libros a los estantes de casa de sus padres, bajaba las escaleras, y veía a la familia reunida en el salón, liberados de la carga de tener a su Dietrich en prisión. A lo largo de los meses que pasaría en prisión, durante esas horas de sueño en las que podía contar historias pasadas de una y mil maneras, según le convenía, se formaba un ser humano de libre espíritu, con alas transparentes. Revivir la historia de su vida era lo que le hacía escapar, y ansiaba esa libertad extraña.

Se despertaba en paz a las 6, con la misma paz que faltaba fuera de los muros grisáceos de Tegel. Pero una de esas mañanas se levantó sudando y agitando los brazos. Al incorporarse rápidamente, todo daba vueltas. Se miró los pies, que se estremecían. Al ponerse en pie tenía la boca seca, como si hubiera comido papel de lija. Se dirigió a la ventana y abrió la hoja todo lo que pudo, que no era mucho, porque la cadena que la sujetaba no era muy larga. Estaba a finales de abril y hacía calor, pero una brisa suave entraba a veces y se asentaba una preciosa calma. Trató de distinguir y de recoger la pesadilla que le había despertado. Era 28 de abril, y recordó el triste aniversario: 25 años atrás, su hermano Walter cayó en Francia, en la Primera Gran Guerra. Las pequeñas flores que habían crecido sorprendentemente en la piedra junto a su ventana habían desaparecido. Quizá el mal sueño tuviera que ver con Walter.

Sostuvo unos instantes colgado entre sus dedos el DAZ, el único diario que aún no había asimilado el tono y el aliento del régimen. Era asombroso que en la casa (así había decidido llamar a la prisión a partir de ahora, en sus conversaciones y en sus cartas) se repartieran ediciones de un periódico con tan marcado acento burgués-nacionalista.

Dejó caer el diario de papel mate y fino, cuyas letras se transformaban fácilmente en borrones. Miraba absorto la imagen del Apocalipsis de Durero que había recortado del periódico y que estaba puesta en la pared. Colocó sobre la imagen las primaveras que María le había traído, dispuestas alrededor como una especie de círculo al que también había que echarle cierta imaginación. Ya había pasado la pascua, pero no importaba en absoluto. **La esperanza es bella y grande**, les escribió a sus padres. Leyó unos días atrás que "las alegrías hogareñas son las únicas que resisten al fuego", y eso fue lo que le animó realmente a colocar algo en la pared. Seguramente era la única celda en todo Tegel que poseía una imagen en la pared, además de los arañazos y marcas dejadas por el anterior inquilino. Una imagen muy bonita, por otra parte.

Tarareó una canción de Hugo Wolf que le encantaba. Tarareaba canciones con frecuencia, cuando le costaba dormir más que de costumbre, o cuando se entristecía ligeramente, o cuando los insultos de los carceleros se hacían insufribles. La canción decía:

De la noche a la mañana
de improviso se presentan la alegría y el sufrimiento;
mas ambos te abandonan antes de que te percates
y se dirigen al Señor para comunicarle cómo los has soportado.

Ahí estaba el asunto, en ese «cómo». Eso le daba fuerzas y le daba ideas para seguir trabajando. Eso le hacía no sentir más soledad, ni más enfado, ni reproche.

Algunas peticiones: traedme una percha, un espejo, una toalla, una manopla para lavarme; Holl, la Historia eclesiástica, y algo para fumar, aunque sean las bolsitas del té... ah, y cerillas, por favor. Fumar era útil en prisión, porque si necesitabas cosas que podías conseguir desde dentro, gracias al preso que llevaba los libros de la biblioteca, y al que fregaba los pasillos y se podía acercar lo suficiente, podías cambiar cigarrillos por otros objetos útiles: un peine, dos cigarrillos; 30 gramos de embutido, 8 cigarrillos; una plancha, tres paquetes de 12. Aunque siempre podía incluso fumarse alguno, por el mero placer de asomarse a la ventana y balancear el cigarrillo sosteniéndolo con los labios, presumiendo de vicio. Y sabiendo que el duro peso de los días podía cubrirse de esperanzas nuevas para aquellos que tendrían que estar fuera de la casa.

Dio un grito ahogado, un susurro ronco, un sollozo apagado, y se abofeteó:

- Para, para de una vez, para de una vez...

Mientras, detrás de un formulario para visitantes que había rellenado su padre con una lista que contenía las cosas que había pedido su hijo, escribía furiosas notas.

8 de mayo – Separación de los hombres – del trabajo – del pasado – del futuro – del matrimonio – de Dios – pasar el tiempo – matarlo – fumar en el vacío del tiempo – El significado de la ilusión – Vivencias del pasado – conservación, gracias,

arrepentimiento – mujer vieja deja que el tiempo se deslice – tranquilamente, igualmente en un gran – peligro... tranquilidad

El resto de notas no se entendían muy bien. Notaba bullir sus pensamientos y muchos se atropellaban. Acababa de ver a su padre dejar el paquete y alejarse de la casa, en un traje gris, caminando pesadamente hacia el coche que le esperaba. Viajar unos kilómetros, para dejar un paquete, suspirar hondo y volver. Se sentía solo, y las personas que había a su alrededor no tenían aspecto de ser reales. Su padre había intentado incontables veces un permiso de visita con derecho a un encuentro de una hora con Dietrich. El inspector Roeder lo había negado porque la visita, según él, podía influir en la investigación.

Diente del tiempo – el elemento roedor del tiempo – tiempo que cura – cicatrización – vacío del tiempo a pesar de estar lleno – Tiempo pleno muy diverso – Amor

"Haz resplandecer tu rostro sobre tu siervo; sálvame por tu misericordia" – Beneficio del tiempo: olvida, cicatrizar – Contraposición: la irrevocabilidad – Separación de lo pasado y lo futuro – "no es fuerte quien no es – firme en la necesidad"

En un mes, sólo había podido redactar unas cuantas notas. La soledad y el miedo a los interrogatorios que se avecinaban no le dejaban pensar.

Esperar – Aburrimiento – Dicha "ríete del día venidero" (Prov. 31) – Trabajo; Mateo: "no os preocupéis..." – Lo que determina todavía el presente está cerca del recuerdo, es corto para... mientras un suceso igualmente alejado puede estar infinitamente alejado – Continuidad interrumpida con el pasado y el futuro – descontento – tensión – impaciencia – nostalgia

Profundamente solitario, se preguntó si la memoria era lo mejor, si no era más que una impresión placentera demasiado pasajera. Su dolor, ¿dependía de su superación el que disminuyera? El dolor ya pasado se encontraba lejos, arrojado a las profundidades; sólo el no superado atormentaba la memoria. Subyugado por el fresco que le proporcionaba la pared, contra la que apoyaba su espalda que se quejaba, garabateó un poco más.

Suicidio, no por conciencia de culpa, sino porque en el fondo ya estoy muerto, punto final, balance.

¿Así acabaría sus días, en una celda? No, estaba seguro de que no de este modo. Podría haberse ahorrado esto, hacía mucho tiempo, si no hubiera entrado en la conspiración, si hubiera permanecido en Nueva York. Pero decidió. A veces le sacudían nubes de arrepentimiento, pero las disipaba. Hubiera detonado la bomba él mismo. Deseó que su culpa estuviera perdonada. Su corazón estaba en orden, pues todo tenía su lugar: la alegría y la preocupación, la seguridad y la falta de auxilio. Sabía que la guerra no podía durar mucho.

Se disponía a dar buena cuenta del primer plato de pescado desde que ingresó en la casa. Preguntándose qué había hecho para que le dieran el pescado, vio que en la bandeja de la comida reposaba una nota doblada. Abrió el papel doblado en cuatro partes, y leyó: L.

Era un plato de lucio, azul y resplandeciente. Aspiró el aroma que contenía eneldo, menta y laurel. Se podían apreciar los granos de sal gorda. No estaba muy cocinado, pero tenía un agradable aspecto. Al partirlo con la cuchara (puesto que no tenía otro cubierto) descubrió su interior blanco y jugoso. Notaba su tacto en la boca, y lo paladeaba como nunca, ya que nunca sabía cuando podría volver a ver otro.

¿Quién era L? Buscó en su mente un nombre que coincidiera con la inicial. Lahm era el encargado de la enfermería, y había también un preso que se hacía llamar Leonard. Pero ni uno ni otro tendría un detalle de ese tipo. Con Leonard ni siquiera había entablado conversación. Dejó el cubierto sobre el plato y se tumbó. Apartó de su mente la pregunta de quién se escondía detrás de la L. Pensaba dedicar la tarde a practicar con el ajedrez. Cada pieza de madera de pino sin lijar le había costado 2 cigarrillos, el tablero estaba pintado en una esquina con un trozo de pizarra, y algunos peones y alfiles eran trozos amorfos de barro reseco. La base de la pieza estaba pintada de negro o blanco, dependiendo del conjunto. Mientras miraba el caballo negro, con el que pensaba neutralizar a una torre despistada, pensó otra posibilidad. A lo mejor la L no era una inicial. A lo mejor tenía una aplicación en el tablero; o no. Y aun así, ¿no tendría que aclarar la posición? En su tablero sólo había un caballo negro y dos blancos... De todos modos, la información era insuficiente, y ahora surgían más dudas que antes. Esa L podía decir cualquier cosa, y al mismo tiempo significar varias a la vez.

Detrás de cada detalle, de cada objeto, de cada pensamiento, hay una pequeña historia. Y cuando uno se da cuenta de algo que no había visto antes, aunque no sepa lo que hay detrás, descubre una historia que a veces coincide y otras no. Miraba hacia el umbral de la puerta de su celda. Alguien antes que él había rayado un mensaje en ese lugar, para que el siguiente inquilino la encontrara y surgiera esa historia. Dietrich se sintió transportado años atrás, a su habitación en Tubinga, donde apareció el mensaje de Hölderlin y vio su sitio en el mundo.

"Dentro de cien años todo habrá pasado", rezaba el texto impreso con gran esfuerzo en el yeso. Dietrich paseó su mano por encima, sintiendo la cicatriz, el corte en la carne de escayola. Cada rincón de su cuerpo respiraba pensamientos íntimos... allí, en su interior, prendió su idea de la libertad, en aquel ser que ya no era él, sino lo que Dios hacía con él.

- En tus manos están mis días... –repitió el salmo 31 hacia sus adentros, aunque a veces estaba tentado de invertir los dígitos y hacerse la pregunta del salmo 13, "¿Hasta cuándo, Señor?".

Dietrich sentía que esta experiencia necesaria le ayudaría a comprender mejor la vida humana, aunque no estaba muy seguro de conocer la forma de actuar de la humanidad. Sabía que la culpa era compartida, pero no podía culpar, ni juzgar. Se hincó de rodillas. Tenía que preguntarle a Dios acerca de sus pensamientos, y en especial de uno, que en ocasiones le abastecía de cierta tranquilidad.

- Tú que conoces lo que es el amor, dime si es eso lo que siento... me acuerdo de María, y me pregunto qué ha sido de esos momentos pasados de ternura, de estar expectantes... ¡es tan estático todo esto! ¡tan terriblemente lento!

Si pudiera visitarle María... Una hora, al menos. Ni siquiera tenía oportunidad de decirle algo por carta, salvo alguna alusión en las cartas que iban a sus padres. Quería ver claramente cómo lo estaba pasando ella, que aún lamentaba la pérdida de su padre dos años atrás, y ahora esto. Se daba cuenta de que por mucha imaginación y por mucho que la conociera en el poco tiempo que llevaban de novios... aun teniendo la seguridad de que su unión había sido una especie de milagro, y ambos sentían que se conocían desde el principio... no podía tener la certeza segura de su estado emocional.

Abrió los ojos tras un tiempo indeterminado, y miró el espejo recientemente adquirido, a cambio de media tableta de chocolate negro. Sudaba. Los muros gruesos se cocían y se transformaban en un diminuto horno para personas. Pero era soportable. Dentro del espejo se reflejaba la nostalgia por las praderas apacibles y tranquilas de los bosques de Friedrichsbrunn. Todo estaba inundado de colores fríos. Las hojas se mecían marrones y tranquilas, y el viento se podía palpar. Lo que leía tampoco le ayudaba mucho a separarse de imagen tan idílica. Un poeta que habitaba en su celda, entre algunos libros, suelto entre las páginas, decía que contemplara *"a los seres que pintaban el cielo de los campos abiertos / y las orugas que se deslizan para crear un susurro / que mordisquea lentamente tu nombre"*. Apartó la imaginación por unos momentos y se oscureció un poco la habitación. Se apoyó en la Biblia, sobre la mesa, y se incorporó. Estaba abierta por el salmo 70, y una música, que iba *in crescendo* pero que en realidad sonaba en su cabeza, llenó el espacio alrededor. Venía para arroparle, para recomponer los restos de su vida. Era una canción de Heinrich Schütz; una canción embriagadora, construida con lágrimas. Su amigo Eberhard, o R., como le llamaba en sus cartas para engañar a la censura, le enseñó esa música años atrás, en una de las tantas veladas musicales que compartían, y que desde entonces recordaba cada vez que leía "Estoy abatido y necesitado; acércate a mí, oh Dios".

Los últimos rayos del sol despuntaban cuando le dejaron salir a dar su paseo diario de media hora. El tiempo era muy agradable y el cielo mostraba estrías de tonos púrpura. El patio estaba prácticamente vacío, pero tampoco hablaba con nadie más de tres o cuatro frases convencionales cuando había más presos. Las conversaciones iban sobre por qué estaban allí y de dónde eran. Todos sabían quién era y lo que hacía, pero no parecía que fuera interesante.

Los únicos con los que podía entablar conversación enriquecedora, y realmente los únicos con quienes quería hablar, como Paul von Hase o Hans, estaban en otra parte de la prisión, o aislados en otra cárcel. Tampoco sabía nada de Canaris, ni de Olbright, ni de los otros. Parecía que el castigo consistía en rodearlo de nada.

Entre los pocos detenidos que erraban por el patio, Dietrich vio al que se le acercó días atrás, el de los ojos rojos. Se le acercó, intrigado y prudente a la vez, con la extraña fascinación del que contempla a un bicho raro, avanzando en línea recta. Cuando estaba a unos diez metros, el de los ojos teñidos de rojo reparó en su presencia, y no apartó la mirada de él en ningún momento.

- Hola –intentó otra vez saludarle, tendiéndole la mano. Podría haber probado con otra fórmula, pero sólo se le ocurrió ese «hola», que sonaba demasiado frío.

Esperaba la misma reacción que la vez anterior, que sin decir ni una palabra se alejaría y le dejaría solo. Imaginaba que podía también quedarse quieto y apartar la vista. Otra posibilidad es que se pusiera violento y le intentara golpear. Aunque, por muchas opciones que pensara, nunca hubiera adivinado una reacción semejante: el tipo abrió primero los ojos como platos, después abrió la boca, e hizo una mueca, como si gritara pero sin un hilo de voz. La garganta se le tensaba, y de pronto arrancó a llorar. Tan fuerte que vinieron dos carceleros para calmarle.

- ¿Qué le ha hecho? –dijo uno de ellos.
- Sólo le he dicho «hola» –se disculpó Dietrich.

Se llevaron al tipo dentro y se cerró la puerta. A los pocos segundos se volvió a abrir y un oficial fue al encuentro de Dietrich, que ya empezaba a asustarse de verdad.

- No se preocupe, se le pasará –dijo el oficial. Era un subcomandante, a juzgar por el brazalete con la esvástica bordada con filo plateado. Al principio no le reconoció, superado como estaba por la situación, pero al fijarse reparó en que era el que unas semanas antes le había preguntado si conocía a Martin Niemöller.
- Yo sólo le he dicho...
- Tranquilo –y abrió la boca, enseñando los dientes como perlas; por primera vez desde que le detuvieron, alguien le sonrió. Aunque era aquella una sonrisa triste, fiel reflejo de la resignación de los tiempos, los cuales enseñaban que cada cual explotaba y se angustiaba a su manera. Le dio una palmada en el brazo y le dio la mano–. Lars –el nombre sacó a Dietrich de su preocupación. Él podía ser L.
- Dietrich –respondió.
- Sí, le conozco de vista... no se preocupe por él –inclinó la cabeza hacia la puerta por la que se llevaron al tipo de los ojos rojos–, está siempre nervioso y le ha sorprendido que alguien quisiera hablar con él –suspiró–. Bueno, sólo quería presentarme... tengo entendido que le gusta jugar al ajedrez.
- De vez en cuando, sí... sólo que aquí... –no sabía cómo continuar la frase.
- Lo entiendo... Oiga, ¿qué le parece si le visito de vez en cuando y jugamos una partida?
- Me encantaría –y era cierto. Necesitaba alguien con quien jugar.
- ¿Dónde vive?
- Ésa es mi casa –dijo, señalando su ventana, en el último piso–. La segunda desde la izquierda.
- De acuerdo.

Lars se frotó las manos, se dio media vuelta y desapareció tras la puerta. Ya no quedaban rayos del ocaso en el suelo.

- Cada vez conozco menos al ser humano –y con esa frase acabó su media hora de aire libre en el patio.

EXTRACTO DE LAS NOTAS TAQUIGRÁFICAS TOMADAS EN EL CURSO DEL SEGUNDO INTERROGATORIO, PRESTADO POR EL SEÑOR DIETRICH BONHOEFFER, EL DÍA 9 DE JUNIO DE 1943, ANTE EL FISCAL DEL TRIBUNAL SUPREMO MILITAR. EN PRESENCIA DEL JUEZ G. SCHLAWE.

[folios 47 y ss. del expd.]

DR. ROEDER: No nos mire así... no lo haga. Tenemos más interés de lo que piensa en esclarecer todo este caso, para gloria del Führer... el general Oster difiere en su declaración de usted en el punto del contacto por su parte con los servicios de contraespionaje.

SR. BONHOEFFER: He dicho la verdad... mostré mis reparos, considerables por otra parte, y...

DR. ROEDER: Pero el general Oster, con quien reconoce haber compartido sus dudas dice que usted colaboró con el SSC desde el principio... es más, nos menciona que usted trasladó muy rápidamente sus pertenencias a Munich... comprenderá mis dudas y mis sospechas. Además no es el único punto que nos preocupa. Existen temores fundados de sus intentos para eludir y confundir a la policía secreta. Mire este papel [el sr. Roeder muestra una cuartilla], es uno de tantos [carraspea] partes firmados por la policía, firmado concretamente el 13 de septiembre del 40, en el que se le prohíbe hablar en público, y estar disponible para cualquier interrogatorio. Parte identificado y confirmado por su cuñado, el cual le presentó la oportunidad de ocupar un lugar activo en el contraespionaje. Servicio que en la actualidad se está investigando a fondo, en busca de traidores al Reich [el señor Roeder bebe agua y se sienta]. ¿Qué tiene que decir al respecto?

SR. BONHOEFFER: Pues que si yo hubiera temido que la Gestapo pudiera tomar medidas contra mí después de imponerme la prohibición de hablar, no hubiera elegido ese trabajo... me hubiera incorporado a filas.

DR. ROEDER: Como su amigo, el señor Bethge.

SR. BONHOEFFER: La diferencia es que él no ha elegido. A él le han llamado.

DR. ROEDER: Entonces nos da la razón. Usted fue a Munich porque quería huir de Berlín.

SR. BONHOEFFER: Como usted sabe, la prohibición se extendió de Berlín al resto de la nación, y después fuera de nuestras fronteras. En distintos lugares de la vieja iglesia prusiana se impusieron otras seis prohibiciones más, de la misma naturaleza de las que se me impusieron en Berlín. De querer huir, me embarcaría a Nueva York, por ejemplo, en lugar de permanecer en Alemania. Por otra parte, no he recibido aún explicaciones de la policía secreta, orden judicial ni prueba alguna de las acusaciones contra mis predicaciones o conferencias, por lo que decidí seguir investigando y calmar las cosas. Munich me ofrecía tranquilidad, y por eso trasladé mi biblioteca, que por cierto sus agentes destrozaron. Esto nos lleva a un segundo punto.

DR. ROEDER: Su entrada en el servicio de contraespionaje.

SR. BONHOEFFER: Para mí era un alivio servir a la patria de este modo, puesto que me daba la oportunidad de rehabilitar mi situación frente a las instancias estatales. Pero no piense que me resultó fácil. No sólo tuve que dejar a una novia y una familia en Berlín, sino que tuve que renunciar a todas mis relaciones con religiosos de todas partes para ser coherente con los fines militares, donde no hay oportunidad para el ecumenismo. La razón por la que viajé tanto por toda Europa fue la de enfriar mis relaciones, separar lo oficial de lo personal.

DR. ROEDER: ¿Y qué añade a su declaración horas después de su detención?

SR. BONHOEFFER: Que aún hoy desconozco los motivos, de los que nadie me ha proporcionado muestras.

Sentado en su pequeño escritorio, aporreando palabras contra el papel con la furia del que sólo desea ver la puerta que se abre dando paso a una muestra de alegría, por pequeña que fuera, se liberaba escribiendo. "La esperanza no se avergüenza", le había dicho su hermano Karl en su anterior carta. Y ahí estaba: batallando contra el tiempo de espera, deseando algo de tranquilidad, refugiándose en sus fuerzas interiores de autoconservación y en los libros de Stifter con sus héroes serenos, impasibles e intocables. La belleza de sus lecturas le infundía paciencia, confianza, en un abrazo de papel ligero. Reuter se levantó del libro y le dijo: "Ninguna vida es de curso tan llano y suave que no choque alguna vez contra un dique, no dé vueltas sobre sí misma o incluso no vea enturbiadas sus claras aguas por las piedras que los hombres le arrojan". Los pensamientos se mezclaban con el aire y el ruido de las noches, pero se escapaban, para dejar hueco al amor que venía empaquetado en las cajas y cartas que le llegaban cada nueve o diez días. Ya podía escribir directamente a María, y decirle: *Te abraza y te quiere, tu Dietrich*, o *siempre tuyo*, o *ya no puede faltar mucho*. Era una alegría infinita y ya nada parecía amenazar la poco deseada rutina que se instalaba con él, y le ayudaba a superar las hojas del calendario. Comía relativamente bien: ocasionales chuletas de ternera y puré de patatas alternaban con los frugales almuerzos que le proporcionaban. Echaba algo de menos el queso de los valles de la casa de verano, y el maíz y las remolachas que arrojaban color a las comidas familiares. Aunque en estos momentos tenía motivos para estar más que contento, pues habían decidido dejarle usar cuchillo y tenedor, lo cual le facilitaba las cosas. No era precisamente una comodidad que se le diera a todo el mundo, evidentemente. Era un pequeño alivio a su situación, que ahora se agravaba por culpa del calor. Fuera llovía plomo líquido, y a ciertas horas lo mejor era tumbarse en el suelo, sorprendentemente frío, y convertirse en piedra.

Comía un plato de rábanos y patatas, arremangado y con los botones de la camisa abierta, y se acordaba del final de la carta de María: "Las patatas y los nabos se estropean con el calor. Pues eso mismo me pasa a mí de tanto pensar en ti". Recibió una visita de Lars. Venía un día por semana a jugar al ajedrez y traía información útil. Así se enteró de que su hermana Christine consiguió salir de prisión, lo que le hizo llorar de alivio, al tiempo que lo hacía con el estómago al recordar que su cuñado Hans aún permanecería allí.

Las visitas de Lars eran el acontecimiento de los viernes que más esperaba. Lars iba porque disfrutaba de la compañía de Dietrich, que no entendía por qué se arriesgaba tanto al buscar toda esa información y visitándole, quitándose el brazalete y guardándolo en el bolsillo. Aunque el vigilante de ese turno hacía la vista gorda a todo... en parte porque se pasaba la mitad del tiempo durmiendo la siesta, vencido por el aburrimiento de la última planta, las comidas copiosas que se tomaba, y el calor aplastante. Se estaba asentando una amistad, que parecía forjada y forzada por los tiempos. Ahora estaba de pie junto a la puerta, cruzado de brazos, sonriente; pero también se le veía agotado, con arrugas en el rostro y como en un traje que le quedaba grande.

- Tengo grandes noticias... –dijo Lars, espantando una mosca.
- Seas bienvenido... –apartó un poco las cosas que tenía alrededor, cartas incluidas, y puso el accidentado tablero de ajedrez (veinte granos de café y medio paquete de cigarrillos) en medio– tendrás que perdonar el estado de tu caballo: el calor no es bueno para las piezas de barro... pero no te preocupes, lo he sustituido por una curiosa escultura hecha con una patata –Lars miró la patata-caballo, y se rió tan fuerte que despertó a toda la planta–. Como ves, le he dejado parte de la piel, para distinguirlo del blanco... pero espera, aún no has visto mis nuevos peones –y sacó tres algarrobas partidas por la mitad, haciendo que Lars ya no pudiera parar de reír.

El vigilante llegó visiblemente molesto. Miró a los dos, luego al ajedrez vegetal, se encogió de hombros y continuó su siesta. Lars se recompuso, y se quitó alguna lágrima con el meñique. Dietrich ponía orden en el tablero.

- Bueno... como te decía... tengo muy buenas noticias... para ti... –Lars se acomodó en el suelo.
- Ya deben estar recogiendo el centeno –interrumpió Dietrich–. ¿Sabes las ganas que tengo de recoger el trigo? A veces miro desde la ventana los pocos árboles que nos rodean, y casi veo crecer las flores de algunos de ellos.
- No sé si será en ese otoño que deseas el momento en que saldrás... lo cierto es que en esta guerra nadie sabe nada... todo es tan exasperante. Pero ya se empieza a ver un final.
- El otro día recibí una carta muy tranquila de María. Sólo había cosas bonitas ahí. Definitivamente, lo que todos esperamos tiene más peso que esta catástrofe que nos ha tocado. A veces es tan raro: aquí paso bastante calor, pero pienso en salir fuera y ponerme moreno, como el del anuncio de Nivea.

- ¿Tienes algún plan para el 30 de julio?
- No, había decidido no salir y quedarme en casa.
- Tienes una cita con tu novia. Hemos conseguido que tengas una visita de tu familia una vez al mes por lo menos y...

Dietrich dejó caer la pieza que sostenía en la mano, y abrió los ojos y la boca como platos y como ensaladera, respectivamente. No podía creerlo.

- La otra noticia es que Oster está aquí, concretamente dos pisos más abajo... no puedo asegurarte si será posible verlo, pero...
- ¿Cómo te agradezco esto? Desde ahora tengo una deuda impagable contigo –no había escuchado del todo la noticia de Oster. Estaba demasiado contento de saber que iba a ver a María en unos días que todas sus preocupaciones desaparecieron en un segundo– ¿Cómo te devuelvo el favor?

Y el rostro de Lars se cubrió de una delgada sombra. Era un rostro triste... una cara cubierta de ceniza. Bajó la voz, hasta hacerla menos que un susurro, casi imperceptible.

- Pídele a tu Dios que la alfombra de bombas de los americanos no tarde mucho en llegar.

Dietrich miró al techo y suspiró antes de decir:

- Pedid a Dios lluvia en la estación tardía, y hará relámpagos, y os dará lluvia abundante, y hierba verde en el campo a cada uno... –volvió la vista a Lars– ¿Una alfombra de bombas?
- Sería un golpe definitivo, sería el fin de la guerra –la conversación apartó a un lado las noticias y adquirió un tono confidencial–. No es ningún secreto que Hitler sea mal estratega...

le he conocido personalmente y cuando le he dado la mano siempre he sentido escalofríos... no por él mismo, sino por la realidad en que vivimos.

- Entiendo ese pensamiento. Nadie se explica cómo hemos llegado a esto.
- El Führer se ha empeñado en dar prioridad a la infantería. Está convencido de que las trincheras nos darán la victoria. Pero al mismo tiempo no para de firmar patentes de nuevos aviones. Aviones que no han podido, ni podrán, demostrar su potencial. No hasta dentro de un par de años, al menos.
- Pero ésta iba a ser una campaña corta, ¿no? Eso es lo que se nos ha dicho desde siempre.
- Esta guerra ha sido irrealizable desde el mismo momento que se planteó. Por eso la inversión tan enorme en la construcción de tanques. Hasta ahora se ha podido costear parte de la deuda que tenemos con las tributaciones que se le impusieron a Francia cuando capituló. Pero la deuda está subiendo, y estamos metiéndonos en un agujero cada vez más hondo. La guerra se gana por aire, porque los aviones americanos están mucho más avanzados que los nuestros. La guerra, claro, se está alargando.
- ¿Nadie puede hacer entrar en razón a ese...? –reprimió el insulto, recordándose dónde estaba y de qué hablaban.
- Hitler está histérico. No hace más que decir que un alemán tiene que dar todo lo que tiene y más... que él empezó desde la calle, viviendo de vagabundo, y que él someterá a toda Europa. Lo peor es que todavía le temen, y no se discuten sus planes.
- ¿Y la ayuda de fuera?
- Hay petróleo en Austria y de España envían tungsteno. A los suecos les están dejando limpios de diamantes. En Rumanía dicen que hay crudo, pero ahora queda un poco lejos.

- Esto tiene que pararlo alguien.
- Puso de comandante a una especie de arquitecto, un tal Speer, otro «visionario», como lo llaman. Otro descerebrado, diría yo.
- ¿Los judíos están construyendo las armas?
- No, para nada. Es tan irracional este odio que manda sobre nosotros, que ni este Speer ha conseguido que envíen a los prisioneros... no, les ponen a cavar sus propias tumbas... los mandan directamente a Birkenau, o a Auschwitz, o a Flossenburg.
- Es tan triste esto.
- En el momento que actúen los B 17 y los B 29 americanos –bajó otra vez la voz–, será el comienzo del fin. Unos pocos militares estamos de acuerdo en que sería lo mejor: los daños serían materiales, más que humanos... claro que aún estamos lejos...
- Todo llegará, cuando deba llegar... ya lo verás. Sólo ten cuidado.
- Tranquilo –miró el reloj, y el pasillo. Había una calma asfixiante en la planta–. Tengo que irme.
- Seguiremos la partida en otro momento.
- Ponte elegante para el 30.
- Lo haré. Un preso me consiguió, no sé como, una pastilla de jabón hecha con barro del Mar Muerto. Limpia muy bien y deja mejor olor que el jabón de aceite que nos dan aquí.
- Has hecho bien en guardarla. Estaré un par de semanas fuera –se caló el sombrero e hizo el saludo militar. Se alejaba con paso seguro, pero deslizando la mano por la pared. Se paró tras unos metros–. Creo que me estoy haciendo demasiado viejo para esto –y continuó andando.

Dietrich se quedó mirándose los pies. Necesitaba unos zapatos nuevos.

Nunca había estado tan nervioso. En sólo unos minutos tendría enfrente a su novia. No sabía cómo reaccionar exactamente, y veía ridículo su propio aspecto, a pesar de haberse mirado diez mil veces al espejo. Llevaba un par de semanas repletas de noticias, aunque no todas buenas. Sin ir más lejos, esa misma mañana le informaron que el proceso de investigación de sus actividades ya llegaba a su fin, y le aconsejaron que contratara a un abogado. *Ya tengo abogado*, dijo para sus adentros. Se le amplió el permiso de comunicación por carta con el exterior, es decir, que la censura no sería tan rígida, y podía escribir a quien quisiera. No obstante, tendría cuidado de sus palabras, porque las mismas seguirían leyéndose. Y es que así era la vida en prisión: llena de "no obstante", "cuidado", "confórmate con lo poco que tienes", "buena suerte" y etcétera.

Se le veía muy arreglado, teniendo en cuenta las circunstancias. Se había limpiado y lavado la ropa a conciencia. Le condujeron a la puerta tras la cual estaba María.

- Una hora –le dijo uno de los carceleros. Dietrich estaba tan contento que le sonrió.

Lo primero que vio en la sala fue a María, de blanco, sentada en un sofá de terciopelo rojo. Estaba más guapa que nunca. Parecía que estuviera a treinta metros de distancia, en parte por la incomodidad de la situación. Les veían, obviamente, pero eso no impidió que se abrazaran, que sus ojos se cruzaran, que llegara el beso de película, a cámara lenta, suave, esponjoso, sereno. Era el signo profundo del amor, que sólo ocupaba el pequeño espacio de un abrazo, pero que llenaba y rompía todo lo que les rodeaba.

Se sentaron en el sofá, y hablaron, como si no hubieran pasado más que unas horas desde que se lo llevaron, y ahora simplemente comentaran lo horrible que era el servicio penitenciario y lo torpes que eran los funcionarios. Estaban cohibidos –inseguros en parte, desconfiados casi la mayor parte de la hora– pero como una pareja normal, al fin y al cabo, que hable de viajes, del tiempo, de la familia, de cómo pasar las horas muertas; de las prácticas del violín de María, de los pies de María, de los hermanos de María. Un pedazo de felicidad libre, un momento más hermoso que todas las cosas buenas que hubieran ocurrido antes, puestas en un montón. En cierta parte de la conversación Dietrich rozó la mano de María, y les recorrió un escalofrío, a la vez que les hizo sentirse bien. María cogió su mano con fuerza, y ya no la soltó hasta que tuvieron que separarse. Entonces se hizo palpable lo cortos que son 60 minutos cuando se quieren llenar de mil cosas y gestos. Sus ojos seguían clavados, abrazados, mientras se retiraban, sencillamente contentos por haberse visto, aún con el tacto de sus manos presente entre los dedos. La puerta se cerró y detrás el sonido del pasillo. Había sido bonito, mejor de lo que esperaban. Quizá se mostraban más tristes de lo que pretendían en sus cartas, pero cada uno dentro del yo del otro. Las disculpas por la excesiva seriedad en algunos momentos se dejaban para el papel. En la realidad, en la vida por la que caminaban, todo estaba bien, mientras siguieran aferrados a sus dedos y a sus besos breves. Sonaba el timbre para dormir, y Dietrich seguía con el corazón lleno a rebosar de ideas, buscándola con sus pensamientos.

Con las sombras de la noche venía el tiempo para pensar en lo que había dado de sí el día. Repasar las respuestas de los interrogatorios, como le sugirió el magistrado del Tribunal superior militar. Acabar de imaginar lo que se escondía tras las torturadoras insinuaciones del fiscal Roeder, el cual sospechaba de todo lo que contestaba: desde sus actividades en Munich, hasta el propósito de sus viajes. Prefería creer que había huido de la policía a refugiarse en Suiza, cuando tenía entre los papeles para su acusación pruebas contundentes para sostener que pasaba en realidad más tiempo en

Berlín del que incluso hubiera preferido. Estuvo enfermo durante meses por una enfermedad de la que se contagió en la misma ciudad. Tenía que permanecer en la capital al menos un par de días antes y después de cada viaje al sur del país, y al menos una semana (o hasta un mes, como cuando quiso viajar a Noruega) si quería salir fuera; porque entre otras cosas, y muy bien lo sabía el fiscal, su pasaporte caducaba rápidamente, y se tardaba mucho en investigar la salida al exterior de los ciudadanos. Para colmo, Canaris le pedía muchas veces consejo en misiones especiales, y Dietrich tenía que viajar para entrevistarse con él en persona.

Sin embargo, Roeder ponía siempre por delante el muro impenetrable de su incredulidad y sus prejuicios.

Arrugaba con fuerza un papel, que una mano desconocida había introducido en su celda mientras él daba su paseo diario. Llevaba días preguntándose cómo ingeniárselas para asegurarse de la coherencia de las respuestas de la conspiración. Este papel suponía cierto alivio, puesto que confirmaba que no era el único del grupo que estaba en Tegel, ni era el único sometido a la susceptibilidad del fiscal, que en cada sesión se mostraba más siniestro y daba mejores perlas de su baja calidad moral: preguntaba lo mismo varias veces, tenía un abanico amplísimo de cuestiones capciosas, se hacía el sordo o el tonto la mayor parte de las veces, obligando a repetir cosas totalmente irrelevantes para el caso, pero cuya incongruencia podía despertar más conjeturas todavía.

El papel contenía dos columnas escritas a mano, una con números y otra con letras. No tardó en darse cuenta de su significado: una clave para codificar la información. El número indicaba la posición de la letra en el abecedario, con algunas variaciones simples.

ß	2
C	3
D	4
F	6
G	7
H	8
B	9
J	10
K	11
L	12
W	13
N	14
R	15
P	16
O	17
S	18
I	19
V	20
M	21
X	22
Y	23
Z	24
A	25
T	26
Q	27
U	28
E	29

¿De qué se le acusaba realmente? No podía reprochársele actuar a favor de la Iglesia Confesante. No se podía poner el dedo en la llaga de su responsabilidad de intervenir en tiempo de guerra y tratar de proteger los intereses de la iglesia. No hacía nada ilegal.

Dietrich ya sabía la razón auténtica de su detención. Se remontó al día del asesinato del ministro de Asuntos Exteriores en la avenida Königsallee, cuando sólo tenía veinte años más o menos, y von Harnack le planteó la cuestión con la que siempre se enfrentaba a sus dilemas: "¿Cuál crees tú que es la verdadera razón?". Estaba en esa celda porque no quería mirar a otro lado mientras su mundo y el Mundo se cortaba las muñecas. No quería ver una generación, una sociedad, una nación, y una moral autodestruyéndose; lanzándose contra el lodo y salpicando a los demás. No quería permanecer quieto ante una realidad y un líder político al que detestaba con todas sus fuerzas.

Pero al mismo tiempo, cubierto de un manto de calor de agosto, agazapado en un rincón de su camastro y bajo una constelación de manchas de humedad en el techo de piedra, imaginaba y deseaba, imploraba y pedía a Dios, que las cosas cambiaran. Aunque tuviera que renunciar a todas las comodidades del mundo. Recordaba una conversación con su padre, veinte años atrás...

- Padre, si los filósofos son los que más saben, ¿por qué no son ellos los que mandan en el mundo?
- En realidad son ellos los que dominan el mundo, Dietrich... –empezó el padre, que ya había escuchado esa pregunta antes, y una respuesta que ahora repetiría– lo que pasa es que lo hacen un siglo después de muertos.

Ahora empezaba a darse cuenta de la enorme verdad que implicaba esa contestación de su padre. Ya veía la pérdida de fe en aquellos que le rodeaban. La pérdida dolorosa y profunda de valores. Lluvia, cenagal, gusanos blancos, mayoría de edad, vieja naturaleza, hojas secas y sangre color frambuesa... ésta es la clase de libertad que la generación entera se estaba construyendo, mientras no peleara por negarse a sí misma. Mientras su único pensamiento fuera no querer tener pensamientos, ni esperanza, sino limitarse a existir, y sólo morder la mejilla del prójimo y arrancársela de cuajo, por llenarse algo el estómago.

Su trabajo como teólogo, si eso servía al menos para algo, empezaba entonces con el fin de la guerra, que esperaba fuera lo antes posible. Reconstruir la moral de una nación que palpitaba a duras penas, después de las barbaridades cometidas, después de ser pisoteada; hablar de un Dios en un ambiente enrarecido... una completa locura, sólo para soñadores. Pero como alguien había dicho antes: "En un mundo de locos, sólo un loco puede estar lo suficientemente cuerdo". Este pensamiento, esta extraña perspectiva de futuro, le mecía en sueños con los que vencía el cansancio.

No había pasado ni un mes desde el incidente en el patio con el preso llorón, y ya se arrepentía de haber dado el primer paso en la conversación. El preso entendió que Dietrich era una especie de confesor, y decidió contarle, con pelos y señales, toda su vida, desde antes incluso del comienzo de la guerra. Dietrich se veía perseguido constantemente, veía amenazada su única oportunidad de contacto real con el exterior. Una tranquilidad –aquella fuera de su celda, que recorría como un oso polar– que parecía desmoronarse, hundirse por las quejas y repertorio de lloros del preso gordo. Mientras esquivaba, a veces con habilidad, el acoso de este personaje, pensaba una y otra vez en el control de su situación. Últimamente notaba cómo la relativa paz que le sostenía se conmocionaba, sin razón aparente, transformando su corazón en un trozo de carne insondable. El peso de los días y de los acontecimientos se iba haciendo más gravoso, y las esperanzas, más livianas. El sonido de las campanas lejanas que antes le calmaba durante el día, se hacía cada vez más inaccesible, por las nubes en su interior. Fuera, el mundo iba a mayor velocidad, con los acontecimientos que se empujaban: la boda de su amigo Eberhard con Renate, la confirmación de su sobrina... Una mañana los carceleros accedieron a su súplica de salir a otra hora distinta de la habitual, con lo que su soledad era absoluta. Entonces escuchó las campanas de la prisión de un modo diferente –como más amplificadas– y sintió que le rodeaban los recuerdos más bellos de su vida, allí, quieto en el centro del patio. Sin causa alguna, quizá porque aquella vez no había voces en su cabeza que lo zarandearan. Todo el cansancio, el descontento, desapareció arrastrado por el sonido vibrante, estremecedor. Rodeado de bellos recuerdos, como de unos espíritus buenos. Cerrando los ojos, podía verse caminando por los pasillos de Tubinga, de Bonn, de Finkenwalde, caminando sobre las aguas planas que eran el frío azulejo. Sumido en el recuerdo de los muchos y buenos libros, de los cigarrillos que ya no disfrutaba, porque escaseaban, de las playas azules que había pisado y en las que se había dejado enterrar, de las mil maravillas vividas... sumido en los pensamientos apacibles y totalmente alienado del peso de los años de guerra, dejaba palpitar sus párpados, los que apretaba con fuerza.

Pero del mismo modo que ese día tuvo esa porción de paz, también sufrió una porción de honda tristeza. Al pasar junto al cobertizo del patio, comprobó que alguien había destrozado el nido construido por el mirlo blanco que en ocasiones subía hasta su ventana para lanzar unas notas para la mañana. En el nido vivían diez polluelos, y cinco de ellos yacían en el suelo muertos, estrangulados por una especie de cordel que todavía les rodeaba. Dietrich quitó los cordeles y los arrojó a un lado. Era increíble cómo los presos expresaban su frustración de este modo. Claro que no era difícil perder la calma teniendo en cuenta las sesiones de ducha fría, física y metafóricamente hablando, a las que eran sometidos algunos que armaban escándalo por las noches.

- Todo tiene su tiempo... –dijo enigmático, al aire del mundo en el que ahora estaba. Estornudó.

La mañana de los primeros bombardeos sobre Berlín, Lars entró en la celda como una exhalación.

- Te he encontrado trabajo.
- Estupendo –dijo Dietrich. Y estornudó por trigésimo cuarta vez. Era sólo cuestión de tiempo que se resfriara. En cuanto el calor empezara a remitir, sabía que se rendirían. Lo peor de todo era el dolor de espalda.
- Tienes mal aspecto.
- ¿En serio?
- Bueno, el trabajo es en la enfermería. Allí tienes pañuelos y bolsas de agua caliente de sobra...
- ¿Cuándo empiezo?
- Esta tarde... sólo son un par de horas por las tardes, pero menos es nada. No hay demasiado trabajo. De todos modos no tendrás mucho que hacer. La mayoría de las veces son indigestiones y estreñimientos.
- Suena divertido –y sentía cómo se inflaba su cuerpo por la temperatura.

A las 19:37, cuando Dietrich calentaba agua y pensaba en meterse en el camastro para perderse en un sueño subterráneo, sonó la alarma antiaérea. Al principio, nadie se lo creía. La alarma sonaba tímidamente, como acomplejada. Y en un momento, todos dejaron de oírla aunque sonara cada vez más fuerte. Todos iban de un lado a otro, veloces. Los presos se escondían debajo de sus camas; la fricción de sus pantalones en el suelo levantó un murmullo que se extendía por las paredes. Los pocos presos que estaban fuera, como Dietrich, eran empujados sin miramientos a sus respectivos calabozos; se golpeó en la mano contra la esquina del pequeño escritorio, y sintió una punzada en el dedo meñique. No había tiempo, se tiró contra el suelo y se agazapó bajo la mesa, que parecía más segura que el camastro. Fuera sonaban gritos y, por primera vez, se escuchaba rezar a algunos. La desorganización era evidente.

Entonces cayó la primera bomba. A unos doscientos metros. El estallido rompió los cristales de la planta baja, justo donde estaba la enfermería. Lars apareció frente a la puerta de la celda de Dietrich.

- ¡El manto de bombas, Dietrich! ¡El maldito manto de bombas!
- ¡Cúbrete, Lars! –gritó, por encima de su catarro.

Entre el sonido más lejano de otras bombas, cayó otra, aunque un poco más lejos. El temblor sacudió el ánimo y las piedras, los cristales y las letanías. Con la siguiente bomba, más o menos de la misma intensidad que la última, se levantó un manto de polvo que los hacía toser. La tormenta duró unos tres minutos más, y se desvaneció. Se apagaron las luces, o Dietrich cerró los ojos.

Despertó. El polvo casi se había asentado, y algunas bombillas del pasillo estaban rotas, iluminando sólo a trozos. Se asomó por la puerta y vio en la sombra un bulto sentado en el suelo, atravesado por un fino haz de luz, con una punta incandescente en el centro.

- Ya ha pasado –dijo el bulto. Aspiró una bocanada y de la sombra salió un humo, cuyas volutas se retorcían en el aire.
- Eso parece, desde luego.
- Siento haber montado ese espectáculo. Yo...
- Al lado de esas bombas lo tuyo no ha sido un espectáculo, Lars.

- Cierto, sí, muy cierto –y se rió–. Sólo que parecía que esto acababa...
- Llevándonos a todos por delante. No será el último bombardeo.
- Mañana ya me enteraré de cómo ha quedado Berlín, y me encargaré de llamar personalmente a tu familia. Les aseguraré que estás bien.
- Gracias –tosió. Se acordó de su resfriado. Al llevarse la mano a la garganta, notó el dolor en el meñique, aunque tenuemente. Se acordó del dolor en el dedo, y se frotó. No era nada grave– ¿Cuánto ha durado?
- Mi reloj se ha parado, pero al menos cinco minutos... cielos, se oía rugir a las nubes. Nos han escupido bastante fuego.
- Creí que no saldríamos de ésta.
- Pero aquí estamos... te llevaré a la enfermería –tiró la colilla a un lado, formando una pequeña estrella fugaz, y la pisó.

Abrió la celda y bajaron pesadamente los escalones. Un rumor subía los escalones hacia ellos. El susurro se amplificaba a medida que llegaban a su destino y descubrían que un grupo de unas siete personas entre presos y guardianes formaban un corro. De pronto, se alzó un grito rabioso y se dispersó el grupo. Corrieron al encuentro del lugar, y no dieron crédito a lo que veían: el preso llorón tenía un cristal de considerable tamaño y amenazaba a un guardia con él. Lo mantenía contra su cuello, mientras con la otra mano le agarraba el brazo. De la radio de la enfermería sonaba una canción de Glenn Miller, que daba un aspecto grotesco a la escena. En la radio no se escuchaba nunca jazz, ya que se consideraba una ofensa, así que debía de ser una interferencia. Todos sudaban fríamente y temblaban, nerviosos. En cualquier momento, se le podía ir la mano al prisionero llorón. Era el que más temblaba de todos.

- Tranquilo... –dijo Lars. Era el de siempre. No el que había gritado como un descosido durante la tormenta, sólo era el de siempre.

- No... te acerques... ninguno... no os acerquéis ninguno –su voz no correspondía con su cuerpo, era una voz demasiado débil, sobre todo si se comparaba con los lloros tan altos que solía enseñar. Empuñaba el cristal con fuerza, era él quien mandaba. Por debajo de Glenn Miller.
- Nadie se va a acercar... sólo suelta eso –gotas de sudor resbalaban por la cara de Lars, que respiraba trabajosamente.

Hacía calor, y había vapor en el ambiente. Dietrich vio la tina pequeña de agua que había dejado calentar a fuego lento. Burbujeaba violentamente. Detrás del prisionero apareció una sombra, de otro recluso que también había visto la tina. Hizo un gesto con la cabeza de negación, y lo precipitó todo. El llorón miró de reojo, vio la sombra y rozó el cuello del guardián con el cristal. Un corte no muy profundo, provocó que la sangre saliera a borbotones, escandalosamente. El otro recluso cogió la tina con un paño y arrojó el agua hirviendo sobre el otro preso, salpicando al guardián, que apretaba la mano contra la herida. Los gritos de dolor podían oírse a kilómetros. Un estremecimiento brutal recorrió a los presentes. Los guardianes sacaron las porras de madera, las que dolían de verdad, y empujaron a los reclusos a sus celdas, para evitar que se dispersaran y sembraran el pánico. Una de ellas impactó directamente en el brazo del que sujetaba la tina, cayendo ésta al suelo, y sumando un registro más a la amplia gama de gritos que sonaron aquella noche. Dietrich, Lars, el guardián y el preso se quedaron a solas en la enfermería, acorralados por los gritos y los golpes, ya aislados. La radio seguía sonando, impasible, con la orquesta de Sidney Bechet.

- Bueno, ¿ahora qué? –preguntó Dietrich, poniendo una gasa en el pescuezo del guardián y comprimiendo con fuerza.
- El médico no tardará –aseguró Lars, mientras aplicaba gasas húmedas en el rostro del recluso, que gemía, enfermizo.

Al retirar el trapo, la sangre se precipitaba densa, con un color muy oscuro. Pero no paraba.

- Puede que necesite un par de puntos –Dietrich cogió una de las jeringuillas preparadas con calmante y miró a Lars–. Nunca he hecho esto, no sé si funcionará –y miró al guardia, que tenía el rostro de color ceniza, y los ojos muy abiertos.
- Qui...zá... debería... esperar... al do...ctor –sugirió, con un hilo de baba que colgaba junto con la voz y caía sobre la solapa de la camisa.
- Tiene usted razón –dijo el preso.
- Que no lo haya hecho no significa que no lo haya visto. Cuanto antes se calme, mejor –y dicho esto, levantó la camisa y le puso la punta de la aguja en la barriga, dispuesto a aplicarla como si de insulina se tratara.
- Quieto, inconsciente –sonó la voz amable del doctor, que espiaba desde el umbral de la puerta. Suspiro de alivio general en la habitación, llena de destrozos, de cristales rotos, de agua en el suelo y de tensión–. No se inyecta en la barriga.
- Mejor hágalo usted.
- Entonces no aprenderá nunca. Esa inyección se aplica en la muñeca, en esa vena que la cruza... apriétele la muñeca... muy bien... –el doctor iba dando las instrucciones pacientemente, como explicando a un niño cómo atarse los cordones– ahí tiene la vía... ahora con seguridad, pero sin pasarse –Dietrich sudaba a chorros, en medio de un gran silencio–. Perfecto. Ya está –se acercó y le puso el dorso de la mano en la frente, y a continuación estudió sus ganglios, presionando con el índice y el corazón en su garganta. Después miró a su alrededor y sacó un sobre amarillo del botiquín más pequeño–. Tómese esto y vaya a acostarse. Descanse mañana todo el día y, Lars... a partir de pasado mañana que venga un par de horas también a mediodía –se giró y le cambió

el paño tranquilamente al preso llorón, que tragaba aire con dificultad–. Sospecho que a partir de hoy vamos a trabajar en serio –y guiñó el ojo izquierdo, mientras subía el volumen de la radio.

Terminó de escribir en un trozo de papel de estraza mal cortado: «refugio aéreo, viaje, Reuter, capitán de vacaciones, Hans no aguanta el calor». Ya tenía algo más para añadir a su nueva carta. Desde su entrada en la enfermería, podía enviar una carta cada cuatro días. Parecía raro, pero incluso se le estaba acabando el repertorio de acontecimientos. Pasaba más tiempo leyendo las cartas que recibía y pensando en ellos, en los que estaban al otro lado, que el empleado en rellenar papel con sus pensamientos... realmente lo hacía por María, con diferencia la que más disfrutaba de los vaivenes teológicos que Dietrich arañaba y de sus poemas rotos por la soledad, que a él a veces le parecían vacíos. Aquél había sido un día adormecedor en la enfermería. A pesar de que era más soportable el calor en agosto que en julio, y que ya había tenido que luchar contra él en España, México e Italia, sentía cómo se le cerraban los párpados irremediablemente. El calor no era el peor problema, aunque le cansara como ninguna otra cosa en la casa. Vivir justo debajo del tejado tenía sus ventajas, y es que allí nunca era molestado. Por otra parte, siempre se toleran mejor las cosas que ya se saben inevitables, y buscar continuamente un alivio resultaba una pérdida de tiempo que no hacía sino agravarlas.

Cuando llegó a su celda, le esperaba una caja de cartón, que ya había sido revisada. Contenía unos cuantos tomates, manzanas, compota, un termo con té negro frío y otro con café caliente. También tenía un paquete más pequeño con sal refrigerante, que le ayudaría a conservar mejor los alimentos que aguantaban peor el calor. Dentro había también otra carta más, donde le decían que la búsqueda de un abogado mejor resultó infructuosa. De buena gana habría cambiado todas las comodidades a cambio de un fiscal más honesto y de buen corazón que Roeder. Aun así, podía sentirse escuchado y amado a través de estos pequeños detalles; sentía más reales esos versos de Grüner Heinrich:

A través de las fuertes olas
del mar, contra mí conjuradas,
de vuestro canto oigo las notas
aunque lleguen ahogadas.

Había terminado de leer por cuarta vez la carta de sus padres, cuando Lars golpeó con los nudillos en la puerta. Se le veía más agotado que nunca.

- Dicen mis padres que les van a robar los objetos de cobre. Ya puedo despedirme del brasero que me traje de Barcelona –dijo Dietrich, sin despegar la vista del suelo. A un lado tenía un limón partido por la mitad y un pincel al lado–. Van a esconder mis libros de Calvino bajo las losas de la cocina, junto con unos cuantos melones y un grabado de Durero... Bueno, de todos modos aquí esas cosas son indiferentes.
- Voy a Italia... me mandan a la carnicería... así llaman a la primera línea... carnicería –dijo, metiendo las palabras por debajo de la puerta.
- ¿Cuánto tiempo?
- Un mes, aproximadamente. No creo que ocurra nada, pero aun así me aterra tener que salir de esta incomodidad donde vivimos. Pasarán lentos los días. Allí se hacen largos y pesados. Al contrario que aquí, donde nos distanciamos de los acontecimientos y las agitaciones del exterior... –Dietrich se limitaba a escuchar, sin interrumpir con frases carentes de sentido. Sacó un papel del bolsillo y se lo dio a Lars.

- Nos veremos enseguida –afirmó, mirándole por primera vez en aquella tarde.

Al salir al pasillo, Lars abrió el papel, que estaba en blanco. Lo puso al trasluz, y después se acercó a la mesa del guardia, al final del pasillo, y lo puso sobre una de las velas que sustituían las bombillas rotas por el bombardeo. Con el humo y el calor se descubrió el mensaje, escrito con zumo de limón: "Daré paz a la tierra, nadie turbará vuestro sueño y dormiréis sin que nadie os espante".

Las velas tiritaban y daban un brillo especial a la superficie del hígado de conejo que Dietrich tenía sobre la mesa. También relucía un melocotón que descansaba al borde del mueble. Reservaba el hígado para celebrar algo mejor, como el fin de su estancia allí, por ejemplo, pero ese día había decidido darse un capricho. Había pasado toda la mañana y gran parte de la tarde apenado, desconsolado por la última noticia, la muerte de Klapproth y Winfried Krause, dos pastores jóvenes, ex-alumnos, que se sumaban a los treinta que habían caído en combate. Enterrar a sus conocidos y no poder traspasar las barreras de prisión con palabras de consuelo a los familiares le afectaba demasiado, y de vez en cuando tenía que despejarse con algunos antojos triviales. Desde hacía unos días, disponía en la mesa platos y vasos (cubiertos no tenía) para dos. Era algo infantil, de acuerdo, pero necesitaba imaginar que compartía esa cena con María, o quizá con Eberhard. Charlar despreocupadamente con una imagen cercana, a la luz de una vela, brindar y extender una servilleta sobre el mantel (también imaginario). Tosió, como solía hacer últimamente; cuando no lo hacía a causa del polvo, era por culpa del último catarro gastrointestinal.

Partía un pedazo de pan blanco que le había regalado un enfermo esa misma tarde, cuando un resplandor intenso en la ventana le hizo agacharse, dando paso a un nuevo manto de bombas. El segundo bombardeo duró mucho menos que el anterior. Pero estallaron más ventanas. Las bombas cayeron más cerca y muchos sangraron por los oídos. Los artefactos vociferaron con fuerza, y algunos hasta lloraban. Se metió bajo el escritorio y se tapó los oídos. El capitán de la prisión, que casi nunca le había dirigido la palabra, apareció en el corredor y le gritó por encima del ruido.

- ¡Tú, que tienes enchufe, reza para que pare esto!
- ¡No rezo! ¡Hablo con Dios, que es distinto!
- ¡Da igual! ¡Usa tus malditos contactos para algo útil! –y desapareció de nuevo.
- ¡No es momento para discutir!

Esta vez el caos fue distinto. Cada uno lo vivía en su propia celda, en su puesto, y a su modo. Los guardias sacaron bengalas y las encendieron, lanzándolas al aire, para enturbiar los radares americanos y hacer imposible que distinguieran entre aviones amigos o enemigos. Dietrich veía las bengalas como grandes chimeneas rojas, y se llevó la mano al dedo donde se golpeó en la última ocasión. Se podía apreciar el sonido fulminante de los motores que surcaban el cielo, imparables, hirientes. Pasó mucho tiempo hasta que alguien se decidió a salir de su escondite. Aún más hasta que se permitiera a nadie moverse de su sitio. Estaban rodeados de polvo y sumergidos en la luz roja, que se consumía lánguida. Enrojecidos todos los párpados, todas las gargantas, caminaban entre el intenso serrín, unos a la enfermería, otros a las duchas. Nadie bromeaba, mientras se organizaban, mientras se dejaban llevar, arrastrados de un lado a otro.

Lars agitó un tarro pequeño con pastillas, sacando a Dietrich de la *Systematische Philosophie* de Hartmann, el cual leía febrilmente.

- Llegas tarde –dijo, sonriendo.
- Tenía un asunto pendiente.
- Me alegro de verte, en serio. ¿Cómo vamos con la crisis del Reich?
- De perlas... seguimos construyendo aviones que al utilizarlos descubrimos que están obsoletos, y en lugar de modificarlos, gastamos el doble en construir más aviones obsoletos...
- Pareces cansado.

Lars suspiró y apoyó los omoplatos sobre la pared.

- Estoy cansado. ¿Necesitas algo más?
- ¿Podrías traerme sobres de cartas? Sólo me quedan... –pasó el dedo por el filo de los sobres– tres.
- Tu familia... ¿está bien?
- Antes de ayer fue el cumpleaños de un amigo, y lo único que podía regalarle era un recuerdo, unos minutos entre mis pensamientos... mis familiares estaban en Leipzig cuando el bombardeo... sólo lo vivieron desde lejos. Lo único han sido unos cuantos destrozos en la casa de mi sobrina. Es tan curioso cuando uno deja de tener importancia en el momento que piensa en los demás... –silencio prolongado– ¿Sabes qué es lo peor? Es esta sensación de no poder controlar la situación... aún no he conseguido zafarme de las condiciones en que estoy... no me quejo, podría ser mucho más grave. Sé que no tengo derecho a protestar.
- Todo será más sencillo cuando acabe. Lo veremos de otro modo.
- Omnia mecum porto... –aspiró, mirando al techo y tragando una de las aspirinas. Se arrellanó y acomodó sobre una bolsa de agua caliente que había tomado de la enfermería.
- Cuando podamos decirlo, de acuerdo.

- A veces me veo aquí sentado, ensimismado en mi tarea –hablaba con la mirada perdida, como si estuviese en otra parte y ya no influir en nada de lo que pudiera acontecerle. Nada salvo esperar y confiar, las dos cosas más terribles y difíciles de emprender– y, en un instante, tengo que buscar desesperadamente una idea que me anime.
- Eso es cierto –concedió Lars, con ojos glaucos–. Cuando uno se acostumbra a la situación, todo parece superfluo y vacío... sólo buscamos lo práctico. Lo quieras o no, Dietrich, esta reflexión tuya te perseguirá durante el resto de tu vida, y comprendo esa falta de comprensión ante tu situación.
- La inactividad a la que se me obliga es quien me aprisiona realmente.
- Te entumece y te cala hasta los huesos. Lo he visto en el frente.
- Mi amigo Eberhard también... en Italia, como tú lo has visto en Rusia.
- Sólo que en Rusia hay más muertos... toda Europa está muerta. Abandonemos, es mejor no ilusionarse demasiado.

Ahora Dietrich lo miraba fijamente, buscando algún sentido detrás de esa seriedad tan impropia del oficial.

- Es verdad –se justificó–. No hay nada que hacer. Berlín está todo en llamas, cubierto de escombros. La avenida Lötzener, en Charlottenburg... ¿has estado allí?
- Es una avenida preciosa...
- Está partida en dos por la presión del aire, con una manta de cristales y tejas por el suelo, sobre el que la gente tiene que andar descalza. Y si llueve con fuerza empezarán a surgir epidemias... en Kade han arrasado los ingleses, y ahora arden todavía unas 38 granjas... yo no me pregunto sobre la espera, sino si tenemos esperanza, si debemos agarrarnos a esa estúpida idea como un clavo ardiendo.

- En el bosquecillo junto a la casa de mis abuelos, en Sakrow, cayó un soldado australiano la semana pasada. Simplemente cayó del cielo, y se enredó en las ramas secas. No se atrevió a moverse... no tenía esperanzas de ser encontrado, y por miedo a los vecinos decidió quedarse bajo el mismo árbol, durmiendo. Sin esperanza y quieto, esperando lo improbable. No sé cómo un hombre todavía es capaz de dormir en esa situación... el caso es que enseguida se le tomó prisionero, y que aún el paracaídas sigue allí, formando parte de la vegetación. ¿Cuál es la moraleja de este cuento?
- Es aterrador el hombre. Por eso inquietará tanto este tiempo, porque somos capaces de lo más bajo, de no fiarnos de nadie.
- Quizá... estamos pasando más miedo en estos últimos meses que en toda nuestra vida... si perdemos la esperanza de que hay algo más, de que sólo nos queda permanecer por nosotros mismos, ¿qué sentido tiene luchar?
- Tomaremos el control... sólo nosotros.
- No, puesto que el centro de nuestra vida ya está fuera de nosotros mismos, no nos podemos considerar independientes en este punto de la historia que vivimos... ¿luchar? ¿para qué? decimos, es mejor vivir bajo el árbol, aparentemente seguro, bajo nuestro paracaídas que hasta nos ha abandonado. Me encanta la frase "un pedazo de mí mismo". Eso es lo que somos, Lars.
- No lo veo así... ya ves lo que ocurre cuando no nos agarramos a nuestra humanidad.
- No olvidaré nunca mi mirada hacia el cielo oscuro; la otra noche, tras las bombas... me dio miedo mi mirada, porque me di cuenta de que no tenía el control de nada. No sabía controlarme. Me desmayé, y desperté bañado en sudor y temblores...

- ¿Y si no puedes moverte, como es tu caso? Atrapado, como la torre al comienzo de una de nuestras partidas. Aquí no puedes hacer otra cosa que aguardar, esperar, y alegrarte con lo que venga.
- Siempre podemos mover, Lars. Nuestra partida no depende del destino. Siempre podemos decidir. Es cierto que no siempre se nos deja actuar, pero ésa no es excusa para hacerlo mal cuando nos toca actuar bien. Dios mueve las fichas y nosotros hemos de ser. Coherencia.
- No puedo aceptarlo.
- «He aquí, lo que yo había edificado lo destruyo y lo que yo había plantado lo arranco. ¿Y tú pides para ti grandes cosas? No las pidas, pero te entregaré tu alma en concepto de botín». Jeremías 45. Nuestra alma como botín perdido y rescatado.
- Tengo que irme. Te veré en unos días. Mientras, para demostrarte que esto es un desastre hagamos lo que hagamos, y para ayudarte también, te he conseguido una celda dos pisos más abajo.
- Gracias... pero piensa en lo que hemos hablado.
- Lo haré. Siempre lo hago.

Y salió. Podía decir lo que quisiera pero Dietrich era a veces impenetrable. A pesar de tener enfoques distintos, se sentían igual de abatidos. Dietrich cerró los ojos y se arrodilló en la tosca tarima.

- Dios, que hiciste temblar nuestra tierra y la quebraste... sana sus grietas.

En la nueva planta, el vigilante que cumplía el turno de noche ponía con delicadeza una aguja sobre el vinilo de 74 r.p.m., que seguía sobre un antiguo giradiscos su propio curso de la vida. El vigilante, que se apellidaba Müller, era un melómano insaciable, curtido, incorregible. Se emocionaba con las fugas de Bach, que le animaban a dar pasos sincopados por el pasillo; tarareaba tranquilamente arias imposibles; rozaba con los dedos la pared en un auténtico vivace; lagrimeaba a escondidas con los cuartetos de Haydn. Era un buen tipo. Aquella noche tocaba el *Munich* de Schubert, y Dietrich lloraba en su cuarto. Su editor, Lemmp, había muerto de repente, en su cama, arropado. Estaba intranquilo y despojado hasta los huesos. Arrebatado. La época no contribuía a mejorar las cosas: la lenta contraofensiva de los rusos, con la consecuente evacuación de Berlín y los nuevos ataques aéreos sobre Hamburgo atormentaban continuamente las noches. Su preocupación, acentuada por la noticia de la preparación militar de su amigo Eberhard, en Italia, a las pocas semanas de la boda con su sobrina, le impedía trabajar y reflexionar. Un hecho como el de poder escuchar música, suponía el alivio más grande que podía esperar en su situación, y le llenaba de agradecimiento.

Tampoco esta vez se dieron cuenta de la alarma, hasta pasados unos minutos. El primer impacto, contra el patio de la prisión, hizo retumbar todos los cimientos, los del edificio y los de los reclusos. No se rompieron tantos cristales, porque no quedaban. Escondió la cabeza entre las piernas, encogido.

- ¡Esperad a que termine de llorar! –gritó al techo, y se tapó la cara. Siguió el ritual, cada vez más frecuente, de meterse bajo la mesa.

Miró hacia la puerta, esperando a que apareciera alguien con otra frase ingeniosa. Pero esta vez nadie dijo nada. Sólo sonaba el terrorífico sonido de las bombas. El maldito manto. Sobre las ciudades, sobre las cabezas, sobre las aceras. Como un granizo imparable en las aglomeraciones urbanas. Sobre Hamburgo, Lubeck, Rostock, Bremen, Stuttgart, Nuremberg, las aglomeraciones del Ruhr... 135.000 toneladas de hierro, metralla y nitroglicerina, 50.000 de ellas sobre Berlín, sumiendo en ruinas unos 28 km^2. Dietrich se puso la mano en el pecho y notaba el corazón que repicaba con fuerza. En el fondo, era más potente que cualquiera de esos proyectiles. Dejó que el latir constante le tranquilizase y se obligó a cerrar los ojos. Desvanecimiento.

El tacto de unos dedos sobre su cuello le despertó. Salió del abismo en el que se sumergió y vio a Lars, que reflejaba gran preocupación en el rostro. Se llevó la mano a la nariz, donde sentía una fuerte presión y palpó sangre. En el fondo de su garganta paladeaba el sabor agrio, como si estuviera chupando una moneda.

- Está bien. No pasa nada. Sólo necesitaba un descanso, y me he echado en el suelo.
- Te he puesto yo en esta posición, Dietrich.
- No bromees. Esto es algo muy serio.
- El médico me ha llamado diciendo que tenías convulsiones. Cuando he llegado, tenías la frente hirviendo y delirabas.
- Te dimos un par de bofetones y cerraste los ojos. Has tardado quince horas en volver a abrirlos –dijo el médico desde el fondo. Dietrich no lo vio hasta que habló. Estaba desorientado y agotado.
- ¿Qué me pasa?
- Probablemente un ataque de pánico... no lo sé –el médico meneó la cabeza.
- Pero lo más importante es que ya estás mejor... ahora sólo tienes que...
- Mi familia... tengo que... –intentó incorporarse, pero las fuerzas le abandonaban sin piedad.
- ...descansar –sonrió Lars.

Le ayudó a tumbarse en el camastro, sobre el que se había tendido una fina capa de ceniza. Al echarse la levantó, creando una pequeña nube. No le importó en absoluto.

- Tengo que... tengo que...
- Me informaré. Lo prometo.

Parecía que iba a añadir una palabra cuando se desplomó. En unos instantes vio a María que le tendía los brazos, blanca, brillante, llena de amor y de alivio. Dietrich se recostó entre sus brazos y su cerebro desconectó por un rato.

Al conectar de nuevo, escuchó al doctor hablando con Lars. Tenía una increíble sed, y tenía la sensación de haberse hundido profundamente entre las sábanas. Intentó hablar, pero no salió sonido alguno. Prefirió escuchar la conversación, que se desarrollaba a los pies de su cama.

- ¿Piensas en el futuro, Lars? –identificó a cada uno por el humo de los cigarrillos que consumían. Parecía que el humo salía de sus cabezas.
- ¿En el de la humanidad en general, o en el mío propio?
- En los dos... yo no hago otra cosa.
- Sólo de vez en cuando... algunos piensan demasiado en el suyo propio, sobre todo entre las SS.
- ¿En serio?
- Por desgracia, sí... desde aquí la situación se ve de otro modo. En el frente y en los campos se les obliga a los comandantes a cumplir cosas con las que algunos disfrutan, y otros... –calló, al reconocerse en este segundo grupo– discrepamos.
- Supongo que todo depende de cómo te lo tomes... el trabajo...
- Esto no es un trabajo... antes sí lo veía así.

- ¿Y ahora?
- Es... esta maldita guerra –la voz le temblaba, preocupado–... no es por la vida militar ni por cumplir órdenes, es... yo no lo he hecho, pero –tiró la colilla y la pisó–, he oído que se está obligando a algunos guardias a disparar a prisioneros, sin razón alguna... se están dando órdenes de matar a judíos y a gente de otras razas... si en algún momento me piden que haga algo así, te juro que lo dejo... algunos no lo aguantan y han preferido abandonar.
- Una dimisión en masa.
- No, en realidad... –se puso la mano en la sien, con forma de pistola, y se disparó imaginariamente. Luego se frotó los ojos con la manga de la camisa. Dietrich tosió y se giraron.
- Buenos días –dijo el doctor, tirando la colilla por la ventana.
- Sed... –expulsó Dietrich quedamente. Lars le acercó agua, y se la bebió de golpe–. Más... más –recibió como respuesta otro vaso, que también se tragó enseguida.
- Llevas dos días con sus noches durmiendo –le puso una luz entre los ojos y examinó sus pupilas–... te despertabas gritando a voz en cuello, y tras veinte segundos delirando volvías a caer rendido –le tomó el pulso, mirando su reloj–. Pero ya estás mejor.
- Y Lars... ¿está él mejor? –miró de reojo, pero ya no estaba en la habitación.
- No lo sé. Sabe cuidarse, espero –sacó un sobre del bolsillo interior de la chaqueta, que extendió mientras se estiraba–. Ya sabes, cada cuatro horas. Creo que me echaré una siesta.
- Necesitas dormir.
- En este momento todos necesitamos dormir –y añadió–, bueno... todos menos tú... ah, por cierto, Lidbergh ha muerto.

Dietrich buscó en su mente alguna cara que tuviera ese nombre, sin encontrar ninguno.

- ¿Qué Lidbergh? –entonces ésta era otra posible L.
- Me sorprende que no sepas quién es... estuviste a punto de ponerle mal una inyección –se llevó el pulgar al cuello e hizo ademán de cortarlo.
- ¿Qué hacía fuera de prisión, a qué se dedicaba?
- No es una pregunta muy corriente.
- Tienes razón. La verdad es que no sirve de mucho.
- Orador político. Tenía un cargo importante con el partido de los «Cristianos alemanes» en Varsovia.
- Oh, vaya... la verdad es que nunca hablé mucho con él... la verdad es que lo siento mucho... lo siento muchísimo –el doctor desapareció en el pasillo, dejándole solo, pesaroso. Ya empezaba a comportarse como un preso más. Egoísta, apático, superficial.
- Estás preciosa... deja que te mire... me encanta cuando te da la luz así, de lado.
- Gracias.
- Te echo de menos.
- A veces me desespera no verte más que en mis pensamientos.
- Es justo la misma sensación que tengo yo... me dan ganas de no parar de trabajar, de ir de un lado para otro, con tal de no pensar en lo que sufres. Luego me doy cuenta de que en mi celda lo único que puedo tener verdaderamente mío es una imagen de ti, y eso me mata. Espero tus cartas. Hasta cuando sé que no va a llegar ese día, las espero. Aquí las cosas han perdido su normalidad. ¿Cuántas veces lees las cartas?
- Miles. Me gusta cada frase, cada palabra, cada detalle de tu caligrafía. Las estudio hasta con lupa.
- Antes hacía eso con la letra de la gente. Estudiaba sus estados de ánimo por los rasgos de la escritura. Pero durante un tiempo dejé de hacerlo.
- ¿Por qué? Me parece una genialidad que haya gente capaz de leer a la gente a través de sus trazos en el papel.

- Te vas a reír, pero me daba cierto miedo.
- ¿En serio?
- Me daba cuenta de que mucha gente esconde cosas, que pretende aparentar. Eso se refleja en su letra. Temes sufrir una decepción por algo tan anodino como una firma...
- Es gracioso, porque tú en parte estás aquí por un trazo en papel.
- Tienes razón... y además, ¿cómo le dices a alguien que tiene algún complejo, y que se lo podía demostrar por su manera de escribir? Dejé de hacerlo, y no es algo que lamente... todos tenemos que cambiar... que renunciar a algo.
- A vernos.
- Lo siento. Siento todo esto. Siento haberos metido a todos. Tener que apartar al grupo de la iglesia confesante para que no se le relacione con mi prisión.
- No lo sientas. No te hubiéramos dejado renunciar a tu responsabilidad. Y no estás preso por ti mismo. No olvides de quién eres preso.
- De Cristo.
- Exacto. Me lo has dicho muchas veces. Y aquí estoy yo para recordártelo. No pienses lo que quieran que pienses. No entiendo muchas de las cosas teológicas que pones en tus cartas, pero entiendo muy bien lo que quieres decir con ser preso de alguien.
- También soy preso de tus besos. Aunque me suene un poco cursi decirlo.
- A mí no me importa. Me gusta que me digas esas cosas.
- Estoy volviendo a escribir.
- ¡Qué bien! Necesitabas volver al hábito de escribir. Me tenías preocupada... ya pensaba que no volverías a tus libros, ni a tus reflexiones... ¿cuánto más va a durar esto?
- Ya no falta mucho. Vamos, anímate un poco. Tenemos que aguantar un poco más. Me encanta saber que compartimos esta espera... ninguno pensábamos que fuera a ser fácil.

- ¿Qué tal las pastas?
- Buenísimas. Noté que tu mano estaba detrás de ellas... me gusta verte sonreír, aunque ahora tengas la cara triste. ¿Le darás saludos a tu madre?
- Por supuesto. Dame un beso.

Entre un sueño y otro, Dietrich escuchó una curiosa conversación:

- ¿... y su hígado, Müller?
- Mi sargento, mi madre...
- Le estoy hablando de su hígado. Müller, céntrese en su hígado.

Dietrich saltó del colchón, y cogió papel y lápiz para tomar notas a oscuras. Müller, el cabo melómano que vigilaba el pasillo a veces, tardó unos instantes en contestar, y sólo se escuchaba el sonido de las ropas.

- Pues no muy bien, mi sargento. No muy bien.
- Vaya a ver a este médico...
- Gracias... muchas gra...
- ¿Qué tiene usted para mí, cabo?
- Deserción.
- Estupendo. Puede retirarse, cabo. Ah, y llévese también ese trasto de música. No se les puede dar a estos cerdos tantos privilegios... hay que ser inflexibles.
- Sí, mi sargento.

Un ruido de suelas de zapatos paró el ritmo de escritura, que continuó con otros zapatos que empujaban a alguien en la sala.

- Tiene un minuto para darme una razón de peso, traidor. Un minuto.

- Verá, sargento, el caso es que... –no dio tiempo a que terminara de hablar. El sonido de un bofetón despertó hasta al último ser vivo de la prisión.
- ¡En pie, cerdo! No tiene ni una razón para explicar su conducta deshonrosa. Yo le diré sus motivaciones para colaborar en dejar la patria en manos de los rusos: irse de juerga y perseguir a las fulanas. Ésas son sus motivaciones. ¿Tengo razón?
- No, mi sargento –con el segundo bofetón retumbaron las paredes como con las bombas. Dietrich decidió que era momento de no hacer ruido y volvió a su camastro, sin dejar de prestar atención a todo lo que ocurría.
- Arriba, cochino mentiroso. Tiene valor de negar la realidad, además de socavar la disciplina viril. Bien, a ver si tiene coraje para superar ese cerdo que lleva dentro, porque va a ir derechito al paredón... –Dietrich mordía la manga de su camisa con impotencia, mientras deseaba la peor de las desgracias para el cruel sargento–. Oh, vamos, no llore más como una nena. ¿Tiene valor para abandonar la mano que le da de comer, y no lo tiene para morir por sus ideales propios de un cerdo? Demuestre que es un señor. Ahora no es tan valiente, ¿a que no? –sonó como un riachuelo lejano, y un olor desagradable llegó hasta el último rincón–. Lo que nos faltaba, encima se nos orina aquí mismo... acabemos con esto de una maldita vez –entraron unos cuatro pies más en la habitación, que sacaron al desertor a rastras, sollozante.
- Quédese usted aquí –y se cerró la puerta, por última vez en esa noche. Al rato, una sombra se paró delante de la celda de Dietrich.
- ¿Quién es? –dijo, con un ojo abierto.
- Müller.

Se oyeron un par de tiros, provenientes del patio. En el largo silencio, los dos hombres regaron sus mejillas con rabia, tragándose los comentarios que no hubieran servido para nada.

Lars extendió un papel blanco como la nieve sobre la mesa, y afiló con paciencia y pulcritud un lápiz, que luego tendió a Dietrich.

- Ya está listo. Ahora dime para qué todo el ritual.
- Voy a redactar mi testamento. Quiero que seas testigo.
- ¿Quieres que observe cómo redactas el testamento?
- ¿No vas a hacerlo?
- Primero dime por qué lo haces. Ya no tienes que temer a Roeder, está destinado en Lemberg.
- Antes de que los abogados que me han estado ayudando consiguieran alejar a Roeder, se ha presentado la orden de arresto definitiva ante el Tribunal. Orden que ha firmado él mismo.
- ¿De qué te acusan finalmente?
- De "desmoralización de las fuerzas de defensa". Tiene gracia, nunca pensé que eso pudiera creérselo nadie.
- Está bien, pasemos al testamento, pero –se sentó en la silla y tomó el lápiz–... quiero que me lo dictes. Con voz clara, y con todas las pausas bien marcadas.
- No, espera, no hace falta...
- He dicho que me lo dictes.

Ni un comentario más. Ambos sabían lo que la acusación significaba. Si continuaba en prisión y no sucedía nada más, se podía considerar su situación como de milagrosa. Implicaba cargos suficientemente degradantes y peligrosos como para animar al más optimista a pensar en el paredón u otra condena por el estilo.

- En caso de mi muerte –sólo se oía el lápiz contra el papel. El resto era un intenso silencio–. Punto y aparte. Nada puedo regalar a mis padres, coma, tan sólo darles las gracias, coma, por su... espera, tacha el "por su"... Escribo estas líneas con la agradecida conciencia... de haber vivido una existencia rica y plena, coma... con la certeza...
- Un momento, para un segundo –afiló un poco el lápiz, mientras secaba una gota del papel, que podía ser sudor, o no–. Sigue.
- ... con la certeza del perdón... y de haber intercedido por todos... los aquí citados. Punto. Aparte, fecha. Y deja un hueco para firmar –Lars dejó el lápiz. Le temblaba la mano–. Que Eberhard –suspiró y siguió escribiendo obediente–... no se preocupe por mi enterramiento. Punto. Me parece muy bien... si lo hacen Ebeling, Rott...
- ¿Es con dos tes, verdad?
- Sí... Rott... Kanitz, Schönherr, Dudzus, Fritz... Walter, Asmussen, con dos eses la segunda vez, Dibelius –Lars se detuvo.
- Perdona, tengo que irme –se levantó.
- Lars, no es más que un testamento.
- Tú no vas a morir. No aquí, en una cárcel. No es justo.
- ¿Qué es lo justo?
- Un hombre como tú, con fe... con algo que no tenemos casi ninguno aquí. Si crees que debes hacerlo, adelante, pero no te servirá aún... el documento estará hecho un desastre para cuando lo necesites de verdad...
- Lars, escucha...

Pero se había ido ya, incapaz de admitir que Dietrich se sintiera alarmado y pensara en no sobrevivir. Se sentó y terminó la carta:

... Böhm, Jannasch o Lokies

Partió el lápiz por la mitad y se metió en el camastro con los zapatos puestos; una pierna la dejó colgando.

La noche no era clara. La luna se había ocultado hacía mucho, y empezaba a chispear. Primero cayeron unas finísimas gotas que en cuestión de minutos embarraron toda la tierra. A lo lejos centelleaban las nubes y el cielo crepitaba. El ambiente de noviembre olía a humedad, pero también a pólvora. Ese olor a pólvora fue el que alertó a los presos. Tras más de tres meses de bombardeos, desarrollaron un instinto especial para la aproximación de los aviones americanos, que surcaban raudos la luna nueva. Se fueron acentuando la llovizna y los nervios. No se podía apreciar nada a través de la oscuridad. Sin embargo, todos sabían que detrás de esa oscuridad estaban los motores de los aviones, retumbando. Dietrich sostenía entre sus manos una de tantas oraciones que tenía guardadas para momentos de especial apuro:

Dios, sé misericordioso y ayúdame.
Dame fuerzas para soportar lo que me envías.
No dejes que el temor me domine.

De igual modo que las gotas de agua, las bombas cayeron ininterrumpidamente y en vuelos rasantes sobre algunos barrios berlineses. Algunos de los presos habían pedido que Dietrich les diese algunas de esas oraciones, pero en ese momento ninguno salvo él tenía la serenidad para leerlas y entenderlas.

Haz tú conmigo lo que te plazca
y lo que es bueno para mí.
Tanto si vivo como si muero, estoy contigo

y tú estás junto a mí, mi Dios.
Señor, espero tu salvación y tu reino.

El miedo estaba mezclado con la confusión. Les habían puesto nombre a las bombas. Les llamaban «árboles de navidad», por las señales luminosas de localización. El sonido de la lluvia tenía su eco en los arrebatadores gritos de los detenidos en sus celdas. Cabía un poco de espacio para la vergüenza ajena que sentía al verlos comportarse así, superados por el miedo.

Pues no hay muerte que nos mate,
sino más bien nos despoja
de miserias a raudales;
al pesar cierra la puerta
y en camino nos coloca
de alegrías celestiales.

Se llevó a la oreja la mano y acarició el cigarrillo que le quedaba del último paquete que le había enviado su hermano Karl. Lo paseó un poco entre los dedos y lo olió. Era el aroma inconfundible de la marca «Wolf», que le abstraía aún más de lo que pasaba a su alrededor. Recordó las conversaciones profundas hasta altas horas de la madrugada. Pensó en la iglesia, su iglesia, a la que había tenido que apartar de su vida. Pensó en María, que se encontraba a salvo en Pätzig, y lamentó no haber hecho más para apartar de ella el dolor que ahora ella sentía. Tarareó una de las canciones que con entusiasmo recitaban en Finkenwalde. Una canción de adviento.

El pesebre brilla reluciente y claro,
la noche ofrece una nueva luz,
la oscuridad no puede penetrar,
la fe permanece siempre a la vista.

Recordó el menú de aquella mañana. Durante los bombardeos acudían a su mente los detalles más insignificantes. Ahora no era capaz de recordar el camino que tenía que recorrer desde su celda a la enfermería, pero sí que había desayunado huevos de avestruz. Una mina antiaérea cayó a unos veinticinco metros, y miles de cristales y escombros cayeron. Su ventana vibró con fuerza, pero resistió. El temblor del suelo subió por sus pies y recorrió su columna vertebral. Volvieron a irse las luces. Se puso en pie y su celda se abrió. Sintió que una mano lo cogía de la solapa y lo empujaba, pero no sabía quién era el dueño de esa mano. Le guió por pasillos y recovecos que no conocía. Se detuvieron tras varios minutos de desorientación.

- ¿Dónde estamos? –el olor a mezcla de cera y pólvora era penetrante.
- En la enfermería –dijo la voz, que pertenecía al doctor.

Había velas dispuestas por distintos lugares. El lugar estaba irreconocible, todo lleno de frascos rotos, escombros y algunos bultos. Al caminar, Dietrich pisó sin darse cuenta a alguien que estaba en el suelo, y se quejaba.

- Sólo hay heridos.

Una última bomba arrancó más ventanas y escombros. Todos se tumbaron al suelo. Yacían con la idea de un fatal desenlace. Esperaron en la penumbra, mudos y quietos, hasta que se alejaron los ecos de las explosiones.

- Tendremos que trabajar con esta luz.

Y así lo hicieron: pusieron inyecciones, dieron puntos, taponaron heridas, aplicaron vendas y pomadas. Tras un tiempo que se hizo eterno, el doctor miró el reloj. Sólo era la una cuando pararon. Se derrumbaron sobre unas sillas. El doctor sacó un puro y lo sostuvo entre los dientes, recostado y con las manos cruzadas detrás de la cabeza. Dietrich se llevó la mano a la oreja y comprobó que ahí seguía el cigarrillo.

- Pensaba reservarlo para una ocasión especial –comentó.
- ¿Acaso no es ésta una ocasión especial? Disfrútalo. Te lo has ganado –encendieron los cigarros con la lumbre de las velas y fumaron largo rato en silencio–. Dime, ¿qué harás durante estas fechas?
- Canturrearé, recordaré a los míos, leeré alguna de las novelas de Riehl... me lo tomaré con calma.
- No es un mal plan –y le miró muy seriamente–. Me gustaría que no estuvieras aquí pasando las fiestas. Lo digo muy en serio. Me gustaría que las pudieras pasar con tu familia...

Sonrieron y siguieron fumando. Las colillas se consumieron y se durmieron sentados, agotados por el cansancio.

Al rato se despertó en una oscuridad distinta. Estaba empezando a amanecer.

- Buenos días –dijo el doctor con alegría fingida.
- ¿Cómo está todo?
- Muy bien. No tendremos luz en un par de días, hay una grieta enorme en el muro del patio, y todavía dice el comandante que no hace falta un bunker sanitario... cómo se nota que no estuvo aquí anoche.
- Podría haber sido peor. Mucho peor... llévame a mi celda, o lo que quede de ella.

Mientras rehacía el camino hasta su calabozo, miraba a los grupos de reclusos que se organizaban para la comida. En uno de esos corros había uno que echaba cartas de póquer sobre sus rodillas e intentaba adivinar si aquella noche se repetiría el ataque. Al llegar, todo estaba intacto, milagrosamente. Incluso los libros seguían abiertos por las mismas páginas que dejó al aire. Un carcelero de la planta baja estaba en la puerta y carraspeó para llamar su atención.

- ¿Sí? –dijo Dietrich, totalmente hastiado.
- Por favor –dijo el carcelero, ladeando la cabeza–, rece para que esta noche no haya ningún ataque –y lo dijo como el infeliz que le pide a una estatua que le toque la lotería.
- El que haya ataque dependerá de lo que Dios quiera –repuso lentamente, aunque visiblemente malhumorado. Se rascó la nariz y le miró igual que un niño observa a una mosca a la que ha despojado de sus patas.
- Ah, pues –no se esperaba esa respuesta–... en ese caso, iré a pedir un cambio de turno. Gracias –y se esfumó, como un fantasma, flotando e irreal.

Dietrich negó con la cabeza, se asomó por la ventana y podía ver columnas de humo que poblaban el paisaje, que se iba tiñendo de cobre. Esta vez estaba más tranquilo; sabía que su familia estaba en Sakrow, lo suficientemente lejos de allí. Fue a su escritorio y, permaneciendo en pie, decidió redactar su testamento de nuevo.

> **Querido Eberhard:**
> **Después del ataque aéreo de ayer, creo que en realidad es mejor que te haga saber a grandes rasgos qué disposiciones he tomado para el caso de mi muerte...**

El día de nochebuena despertó enfermo, pero no en sentido físico. No estaba acatarrado. No le dolía la espalda. Estaba enfermo de esperar su liberación, la cual ya consideraba imposible desde un par de semanas antes, más o menos, cuando se suponía que en su juicio le dirían: "Bien, muchacho, hemos estado investigándote de cerca y, aunque no nos gustas ni una pizca, no tenemos pruebas para retenerte más tiempo aquí. Así que considérate fuera de prisión. Aunque no te podrás sentir libre, puesto que hemos decidido convertirnos en tu sombra". O algo parecido. Le hubiera parecido bien incluso que le abrieran la puerta y no le dejaran ni despedirse de los pocos con los que había congeniado. Que le hubieran tomado de los hombros y de un puntapié lo mandaran a la calle. O que le dijeran: "Mira, ahí está lo que quieres. Corre y ve entre los escombros de Berlín. Piérdete. Conviértete en un ciudadano más, ¿no es lo que querías? Ve y pasa hambre hasta tener que alimentarte de las ratas". Lo haría, sin pensarlo. Estaba tan apaleado moral y físicamente, que ya su dignidad se encontraba aniquilada y había adquirido el color y la textura del pavimento por el que la gente suele andar y sobre el que los perros hacen sus necesidades. Tener que sufrir tanto por la separación, y por la espera, le hacía enfermar. La añoranza, la melancolía... transformaron su rostro en una cabeza de cera. Se miraba al espejo, y creía ver algo falso ahí. Pronto, ni siquiera vería su reflejo, ya fuera por lo delgado, o porque uno de los explosivos que llovían sobre ellos desde hacía meses con nocturnidad, habría hecho añicos el océano vertical en el que cada vez se miraba menos. Tampoco le gustaba demasiado su reflejo. Demasiado parecido a un preso corriente.

Se vestía, abúlico, para una cena solitaria. Ni Lars, ni el doctor, ni el carcelero melómano se encontraban allí esa noche. Lo que más enfermo le ponía era que nadie le avisase de aquello. Sabía en su interior que ocurriría, que ya se había decidido semanas atrás que su juicio no se celebraría hasta después de año nuevo. Lo que más le revolvía las tripas era que no se atrevieran a decírselo. Ahí estaba la bajeza moral que les caracterizaba. ¿Acaso le creían incapaz de resistir la noticia?

Enseguida le vino una idea a la cabeza. Sacó una pequeña navaja, recientemente adquirida (6 cigarrillos), y se agachó frente a una esquina. Limpió un trozo de la pared con esmero y una servilleta hasta dejarlo liso y empezó a rayar la pared pacientemente. Dejaba un surco y soplaba de un modo experto. Tras cuarenta minutos de esfuerzo logró dejar una inscripción, que quizá le sirviera al siguiente inquilino. El pequeño acto de vandalismo hizo que se olvidara de su enfado por un rato. Resopló satisfecho mientras leía la inscripción varias veces. Con el meñique terminó de definir algunas letras. Guardó la navaja y se dirigió a su mesita, donde descansaban los últimos regalos. Contempló el vaso de su bisabuelo, un vaso precioso de buen cristal italiano, con franjas anaranjadas, que usaba para guardar hojas de abeto. Se puso el vaso bajo la nariz y aspiró el olor del abeto, llevándole de la mano a unos cuantos buenos recuerdos. Deseó con los ojos cerrados un poco más de bienestar para los suyos y susurró una estrofa de un antiguo canto para año nuevo:

> Niega entrada a los pesares,
> y haz que en todos los lugares
> que de sangre se tiñeran,
> fluya el gozo a manos llenas.

Terminó el trozo de canción y de fondo le llegaron las voces de algunos presos que habían decidido imitar el gesto que él tuvo durante la pascua, cuando se asomó al pasillo y mandó felicitaciones para toda la prisión. Un murmullo entró en su celda, y le decía "Feliz Navidad". Siguió oliendo un rato las hojas de abeto antes de acostarse. Mientras, en la oscuridad, cayeron algunos copos de nieve. Cayeron solos, sin bombas. Aquella noche todos durmieron, imaginando que enfrente de su camastro habían instalado para ellos, y sólo por aquella vez, una chimenea que les adormecía. Y que a la mañana siguiente, a los pies de su cama, encontrarían un pequeño surtido de dulces que devorarían, con toda tranquilidad, en pijama, junto a las cenizas.

CAPÍTULO 16

1944/Tegel

- A partir de ahora, tengo que tener mis cinco sentidos alerta.

La ventana castañeteaba mientras el viento cortante del invierno hizo avanzar rápidamente los días, y con ellos los acontecimientos, y con éstos la inseguridad y la desesperación. Mientras tanto, seguir la espera de su proceso era la única rutina posible. Lars estaba contemplándose las uñas y pensaba que tenía que cortárselas, cuando dijo "Marzo", el mes en que se habría de celebrar el juicio.

No eran muy buenas noticias, puesto que aún quedaba como mínimo mes y medio para el momento. Tendría que enfrentarse a nuevos interrogatorios, a concentrarse en cada una de sus respuestas. De hecho, no creía que llegara ya tal juicio. Para qué dar señal de creer en ellos, que tantas vueltas le habían dado ya. Esperaba más bien que, tras un juicio chapucero, lo enviarían a algún campo de concentración. El resto de la conspiración estaba empezando a pagar caras las consecuencias, así que estaba claro que él no sería menos. Canaris estaba bajo arresto domiciliario en el castillo de Lauenstein y suspendido de su cargo. Hans von Dohnanyi había sufrido una embolia cerebral en el último bombardeo y eso prolongaría su proceso, de ahí que sonriera con ironía cuando Lars sugirió que en marzo le juzgarían. Un contacto en Munich, Josef Müller, al ser absuelto bajo vigilancia estrecha, les ataba aún más las manos para organizarse. Se formó una especie de cerco cruel a su alrededor, y no cabía la oportunidad de ser optimistas.

- ¿Qué tal tu familia? –se interesó Lars.
- Cada vez estás más delgado...
- ¿A qué viene eso? Como cuatro veces al día.
- No sé... mi familia está bien, están lejos... bueno, están bien dentro de lo que cabe. Su preocupación ahora está más centrada en recoger escombros y reparar el tejado de casa. Mi novia está de institutriz en una aldea de Franconia y mi amigo Eberhard de permiso, viendo a su hijo Dietrich.
- ¿Le han puesto Dietrich?
- Sí, es un nombre precioso, ¿no te parece?
- Prefiero Lars.
- Ya –largo silencio. Parecían más bien dos amigos que se ven después de mucho tiempo y dan un repaso a las últimas novedades–. En realidad, en este instante me interesa más tu salud.
- Te he dicho que como bien. No estoy tan delgado.
- No me refiero tanto a la delgadez física. Es como si... –y tragó con fuerza antes de seguir– como si tu alma estuviera de vacaciones... –la cara de Lars se puso tensa y seria de repente– ¿comprendes lo que digo?
- Si fueras otro preso ya te hubiera encerrado en otro calabozo más oscuro por esa frase –y miró muy fijamente a Dietrich, que no pudo aguantar la vista y bajó la cabeza, un poco avergonzado. No imaginaba una reacción así. Se dio cuenta de que la confianza había que cuidarla y no soltar la primera impresión que le apareciera– así que cuida bien lo que dices.
- Espera... lo siento. No quería ofenderte.
- Pues lo has hecho. ¿Crees que puedes criticar mi aspecto y mi estado anímico así por las buenas? ¿Piensas que eres el único al que le afecta la guerra?

- Perdona. No... –estaba completamente petrificado y deseó retroceder para no decir aquello– no he pensado lo que he dicho... es sólo que...
- Pues hay que pensar primero, maldita sea.

Dicho lo cual se ajustó la chaqueta y cerró la puerta con un fuerte golpe, cuyo sonido le partió el corazón, desparramando su sangre por el interior de su cuerpo, amoratándole, colapsándole. Hundido por su torpeza, cansado de tener que pensar siempre antes de hablar, enfadado consigo mismo y con el mundo, juntó las manos detrás de la cabeza y apretó los dientes con fuerza, maldiciéndose. Lars volvió al rato. Había llorado e intentaba mantener la compostura. Dietrich se puso en pie.

- Lars, yo, de verdad...
- No, no te disculpes. No pasa nada, es que... estoy harto de todo esto. De los bombardeos, de las guardias... de los desfiles y, y.... –bajó la voz hasta darle el grosor del perfil de un folio– de este Hitler.
- Bueno, te entiendo.
- Te juro que le haría tragarse sus medallas. En serio, una por una. Aplaudiré aunque sólo sea en silencio al que se atreva a matarlo.
- No creo que Hitler sea el único problema. No creo que matarlo sea una solución.
- Me da igual. Pero yo daría lo que fuera. Lo que fuera... –su rostro se había desencajado y el tono macilento de su rostro con los ojos como platos daba miedo de verdad– vendería todo lo que tengo por verlo colgado del cuello en pleno centro de su estadio olímpico –dijo, apretando los puños hasta que un hilo de sangre se colaba entre dos de sus dedos– Caerán uno por uno los dementes que le hacen caso –cuando vio la sangre pareció despertar

del macabro trance y tragó un poco de sed de venganza. Sacó un pañuelo que se pasó por el cuello e intentó bromear para olvidar su arrebato violento–. Pero yo no lo veré –dijo, sin mirar a Dietrich, que se agarraba al escritorio para mantener el contacto con la realidad, para convencerse de que lo visto era una pequeña pesadilla. Se preguntó después qué significaba eso de «no lo veré».

- Lars, es muy tarde y estamos cansados –es lo único que acertó a decir, aunque nada más escucharse se sintió inútil.
- Tienes razón. Es hora de ir a dormir. Todos necesitamos dormir –la voz le temblaba.
- Buenas noches.
- Sí, buenas noches...
- Oye, Lars.
- Sí.
- La venganza no nos será útil si de verdad queremos que este mundo cambie.
- Sí. Cierto. Estaba agotado, lo siento... la falta de esperanza –sonrió, sin venir a cuento– me hace decir chorradas. Jamás debes beber, je je... recuérdalo.
- Claro. Lo haré –seguía con la mano sobre el borde de la mesita, de la realidad, las venas marcadas y azules, trémulas.

Entonces Lars se marchó, pero la tensión se quedó un rato más dentro de la celda. Dietrich estaba terriblemente incómodo, como si le hubieran desnudado para señalarle y reírse de él. Congestionado, soltó la mano con que se sujetaba a la realidad, aunque aquella noche ya no podría dormir. Mientras daba vueltas en el camastro veía proyectados con total nitidez, contra la pared, los ojos de Lars, transparentes por la rabia. La impresión era imborrable, a pesar de que intentara pensar en otra cosa, por todos los medios que se le ocurrían. Aquellos ojos, aquella ira, le había apuñalado y destripado. Le había dolido más que cualquier herida sufrida hasta el momento. Se arrodilló contra una esquina, distinta a la que reservaba para pasar sus horas de oración y, ajeno a las cuatro paredes, pidió a Dios protección de sus palabras, y de su siniestra cólera.

Dietrich estaba sentado con Engel, un preso que había llegado días atrás. Hasta entonces, con el resto de los presos, se limitaba a simples saludos de cortesía y alusiones breves al tiempo y a los bombardeos. Medía las palabras para no parecer desconsiderado y a la vez no revelar demasiado sobre su persona. Prefería que hablaran de él a sus espaldas y no escuchar sus voces para nada. Un día que se arrastraba con su sombra y sus reflexiones por el patio, se le acercó Engel, con una cámara de fotos en mano, que le pidió fotografiarse con él. Era un tipo bastante torpe de gestos, pero agradable. Mucho más que la gran mayoría de los reclusos, cuyas conversaciones siempre giraban alrededor de apuestas, de conquistas amorosas, y de sueños frustrados y frustrantes. Al principio Dietrich se mostró receloso, pero aceptó y se retrató con él. La cámara pertenecía al sargento primero Napp, quien hizo varias fotografías de Dietrich a lo largo de su tiempo en Tegel. En las fotos siempre aparecía con medias sonrisas, con las manos como atadas a la espalda, con su incipiente calva brillando, con el rostro parcialmente nublado. Los que se situaban cerca de él adoptaban poses mucho menos naturales, con las piernas siempre más separadas. Tras acabar de posar para la primera fotografía, Engel se fijó en el libro de Rilke que Dietrich sostenía con la punta de los dedos. Resultó que era un apasionado de la poesía, y empezaron una conversación, rebosante de literatura, que duró varios días. El tipo hablaba con un tono muy tranquilo y cadencioso, nunca se alteraba por nada. Era la definición de templanza.

- Lessing dijo una vez: "Soy demasiado orgulloso para creerme desgraciado: rechino de dientes y dejo que la barca vaya adonde el viento y las olas la lleven. Me basta con no ser yo mismo quien provoque su naufragio".

- Vaya, es bastante profundo –dijo Engel, con las manos siempre juntas, como pegadas–. Me recuerda un poco por qué estoy aquí. Bueno, por qué estamos aquí todos. En algún momento hemos hecho un agujero en nuestra barca y se nos ha ido la vida de las manos... sí, es bueno.
- ¿Sabes la historia de Jesús de Nazaret en la barca, durmiendo en medio de una tempestad?
- Sí, las olas rugiendo por encima, el viento soplando... y sus seguidores llamándole a gritos, muertos de miedo y de cansancio.
- Sí, pero él estaba más cansado. Se levantó, bostezó, quizá se estiró, y paró la tormenta.
- Y les dice aquello... ¿no era aquí? Aquello de «hombres de poca fe». Y cuando para las olas se quedan todos como... como...
- Sorprendidos.
- Muy sorprendidos. Con la boca abierta.
- No hay miedo que con un poco de fe no pueda ser superado, Engel... ninguno.

Descansaban tras la cena, sentados en la celda de Engel. Aquella noche era el carcelero melómano quien estaba al cuidado de esa planta, y permitió que continuaran hablando, a petición de Dietrich. Era una noche extrañamente tranquila. Nada de brisa, nada de ruido y la luna estaba baja y grande, sembrando tonos sosegados y haciendo reverberar la nieve bien asentada. Era una noche para hablar a la luz de las velas y con el *Trío en Do menor, Op. 1*, de Beethoven, como único sonido de ambiente. Parecía una velada para pensar y relajarse. De hecho, la práctica totalidad de la prisión se encontraba en este estado de vegetación. La calma era indescriptible, inabarcable.

Un zumbido que aumentaba progresivamente devolvió la tensión habitual. Con el tiempo todos adquirieron la misma rutina: sonido de aviones acercándose; ponerse a salvo bajo una mesa, o la cama, o el dintel de la puerta; esperar diez minutos después del bombardeo; situarse junto a la puerta; gritar «estoy bien» al escuchar su nombre; prestar ayuda en caso de ser solicitada; acostarse y procurar dormir; gritar en la oscuridad por un eco del mal sueño vivido; sudar; llorar; rezar quien supiera; temblar; sudar, de nuevo; despertar con síntomas de fiebre. Dietrich y Engel se agazaparon bajo el camastro. Se encogieron, arañando el suelo con la puntera de los zapatos. El estruendo era brutal, como de mil caballos pasando sobre sus cabezas. Empezó el *menuetto, quasi allegro,* que el carcelero olvidó al refugiarse. La música acompañaba a los reactores y al tañer de las bombas y de las sirenas, y del humo y el fuego y los gritos. En un momento indeterminado, Engel salió del escondite, sin avisar, tranquilamente, con el mundo y las paredes temblando a su alrededor. Se acercó a la ventana de la celda.

- ¿Qué haces? ¡Engel, vuelve! –chillaba Dietrich por encima de las bombas, casi quedándose sin voz. No sabía si le temblaba la voz por el rugido de los aviones, o por la incertidumbre. Ahora arrancaba con fuerza el final del *Trío*, con el violín y el cello, que rompían, que animaban a Engel, los músculos en tensión los brazos hacia los cielos y el manto de bombas.
- ¡Voy a detener la tormenta, Dietrich! ¡Con mi fe, detendré este caos! –clamaba a la noche y a los aviones, a las bombas y a la nocturnidad que por momentos no existía.
- ¿Qué dices? –se sorprendió. No podía creer lo que escuchaba y veía. Pero, por un momento, pensó, ¿qué ocurriría si consiguiera parar aquella tormenta de repente?
- ¡Pienso hacerlo! ¡Pararé esta tormenta, como hizo Jesucristo!
- ¡Espera!

Demasiado tarde. Engel se giró, cubierto de polvo y como empapado, los brazos con las venas a flote, los ojos brillantes como bombillas, la boca abierta y aspirando aire con todas sus fuerzas.

- Esta tormenta parará... –murmuraba, mientras Beethoven le clavaba sus garras triunfantes en los hombros.

Transpiraba y cerraba los ojos trabajosamente, mientras Dietrich le pedía que se agachara, que se resguardara bajo las mantas, como hacen los niños en las noches de tempestad. Entonces todo se hizo más claro, igual que si toda la luz de la prisión hubiera entrado en esa única celda durante unos segundos. Los sonidos del violín eran indistinguibles de los motores de los aviones. El resplandor fulgurante dio paso a una luz tenue y roja. La bomba dio contra la pared de ese calabozo y abrió un enorme hueco en la pared. Dietrich notó, mientras apretaba la nariz contra el suelo cómo grandes trozos del muro se desplomaban contra el suelo. Miró afuera, pero no vio sino polvo y minúsculas partículas de piedra gris. Estuvo echado unos instantes, hasta que la amenaza empezó a dar signos de alejamiento. Extendió la mano, intentando en vano disipar la densa nube. Tosió hasta vomitar. Decidió salir, sin que importara el peligro. Tenía que ver si Engel estaba bien. Ya no sonaba música alguna, salvo el tronar descabellado de las granadas al fondo, cada vez más imperceptible. Salió arrastrándose como una serpiente. La nube dejó algunos claros libres. Se puso en pie, y al dar el primer paso, tropezó y cayó. Al revolverse, vio el brazo de Engel, única parte de su cuerpo que sobresalía debajo del muro. Dudó una fracción de segundo, y luego lo tocó con la punta de los dedos. Sabía que pertenecía a un muerto desde el primer vistazo; sin embargo, le cogió la muñeca y le tomó el pulso. Nada. Se le emborronó la vista y se sintió húmedo, forzado a apretar la vista para dejar escapar las lágrimas. Se frotaba los ojos hasta el escozor.

Sentía un tremendo nudo en la garganta. Ya no podía hacer nada. Engel había escogido dirigir la nave por su propia cuenta, y había sido el causante de su naufragio.

- Toma, Hans Werner ha renunciado a su tableta de chocolate y quería que te la diera.
- Dile que muchas gracias y abrázale fuerte de mi parte... está realmente bueno... tiene más cacao que el último que probé, antes de llegar aquí... ¿de qué hablábamos?
- Tus cartas son tristes.
- Sí, pero no debes quedarte sólo con las letras inertes que ves en ellas. No escuches las palabras, sino lo que expresan.
- Que veo un corazón hecho pedazos...
- Un corazón egoísta, torpe, débil... sí, claro que sí, pero uno que sabe que su reposo aquí en la tierra depende de que abras el tuyo propio. Un corazón que se pregunta cómo podrías quererme, después de todo lo que está pasando.
- A mí no me importa lo que nos pasa. Tú hablas de tu corazón y yo tengo el mío roto porque quiere verte, porque quiere que estemos a solas más tiempo que tres horas al mes.
- Es el momento de las dificultades, y el matrimonio se construye a base de dificultades. Ya verás cómo todo nos parecerá más fácil cuando lo hayamos superado... es verdad que pasamos a veces los días mejor o peor, que algunos encuentros son más bonitos que otros.
- Ya sé que así es la vida misma, tal cual sale de la mano de Dios. Pero sigue siendo más importante que estemos juntos, que dejarnos llevar por lo natural que es la vida. Prefiero antes los detalles tontos nuestros, que sólo son nuestros, como pasar un rato pensando de dónde sacaremos una radio o cómo voy equipándome para la boda, o simplemente repetirnos una y mil veces que nos bastamos a nosotros mismos para superar

nuestras dificultades, y que mi madre a veces se pasa metiéndose en cosas que son eso, detalles tontos nuestros. Ya nos vemos poco, como tú dices muchas veces, como para encima desperdiciar el tiempo escaso en reflexionar sobre lo injusto de nuestra situación... estoy hablando como una cotorra y tú estás muy callado... di algo... eh...

- Me encanta cuando piensas en voz alta y sin parar.
- Dame un beso, mi madre está a punto de llegar...
- Aunque no pienso soltarte la mano esta vez en toda la hora que nos queda de visita.
- Sé que ni a ti ni a mí nos gusta hablar mucho de cosas que nos pudieran resultar desagradables. Pero ¿no crees tú también que si la situación llega a ponérsenos muy difícil, debemos decirnos abiertamente y con toda confianza no sólo que queremos ayudarnos el uno al otro, sino que también podemos hacerlo?

El sargento cruel que mandó al desertor al paredón hizo su aparición de nuevo, otra noche más. Se hizo el silencio nada más entrar en la sala. El carcelero melómano estaba allí, pero no había traído el gramófono. Los que estaban despiertos se hicieron los dormidos. Aunque había algo muy diferente en aquella visita. Los pasos del sargento no sonaban con fuerza, sino que daba la sensación de que se arrastraban. Dietrich sacó de nuevo papel y lápiz, y se prometió que en esta ocasión no pararía de tomar notas en ningún momento, que esta vez registraría cada detalle con minuciosidad.

- Müller... –empezó a decir el sargento con la voz apagada, como si le tuvieran la boca tapada con un trapo. No le dio tiempo a seguir hablando.
- Lo he visto, sargento.

- ¿Cómo ha quedado? –por el sonido que hacía con los pies, daba la impresión de querer recomponer un aplomo perdido.
- Mal. Tiene quemaduras en el sesenta por ciento de su piel. Las quemaduras tienen el típico aspecto de las causadas por lanzallamas, y jamás podrá mirarse de nuevo al espejo.
- Qué pena.
- Sí. La mayor pena es que tengo pruebas contra usted y las pienso utilizar –el sargento tragó y su tono de voz se hizo más débil.
- Escuche, Müller...
- Ahórrese el soborno. Conmigo no funcionará... tolerarán la forma que tiene de maltratar a los presos... créame, lo verán incluso bien. Pero bajo ningún concepto permitirán que maltrate a un soldado.
- Me las pagará, Müller. ¿Ha oído? De una forma u otra –advirtió, intentando con la fuerza de sus palabras recuperar una autoridad totalmente deteriorada.
- De acuerdo –y Dietrich oyó claramente cómo sus pasos se le acercaban y se encaraban con el sargento, desafiándole–. Pero, hasta entonces, habré conseguido lo que usted pensaba que nadie podría: pararle.
- Es un hijo de...
- Mi madre. Soy hijo de mi madre. Todos tenemos madre, excepto usted, por lo que veo –Dietrich ahogó una risa, y sintió claramente cómo entraban otros dos guardias, que se cruzaban de brazos–. Creo que la conversación ha terminado.

Nada más escuchar irse al sargento, Dietrich escondió las notas y el lápiz bajo su colchón y cerró los ojos, hasta que notó cómo la oscuridad se hacía más perceptible porque algo tapaba la luz que provenía del corredor. Era Müller.

- ¿Has apuntado todo? –preguntó, mirándole fijamente.
- Hasta los silencios.
- Excelente. A dormir –dijo, y se alejó silbando.
- ¿Cómo te tratan? ¿Se portan bien contigo? Sabes que si alguien te pone una mano encima puedes decírmelo –dijo Lars, sintiéndose todavía un poco culpable por el último incidente, el cual preocupó mucho a Dietrich. Pero era éste un tema que aún no quería volver a sacar para no herir a su amigo. Sin embargo, cada vez le resultaba más apremiante, puesto que el aspecto físico de Lars de verdad escandalizaba. Estaba tan delgado que se notaba cómo había empequeñecido dentro de su traje. Cada visita aparecía más blanco y con ojeras más notables. Dietrich intentaba animarle contándole sus anécdotas, que cada vez era más escasas, debido a que últimamente no les dejaban salir y casi no veía a nadie en todo el día. Sus anécdotas eran cosas del tipo: *hoy me ha llegado una carta*, o *he comido pollo*.
- El jefe de aquí y el otro, el que le sigue en rango, son muy amables. Son muy educados. Evitan hablar de política todo lo que pueden. Tienen una mentalidad muy... no sé... «moderna» –e hizo el principio del gesto de comillas con los dedos, aunque se contuvo–. Tiene gracia...
- ¿El qué?
- Siempre he odiado hacer este gesto, y ahora es el único que utilizo cuando intento ser irónico.
- El comandante tiene una mentalidad muy nacional-socialista... ya sabes... políticamente correcto. La cuestión es que ninguno sabemos a qué postura agarrarnos.
- El otro día vino un mando intermedio, y venía muy bebido, muy cargado, y no sé cómo logró entrar en la planta en ese estado... llegó hasta mi celda, puso las manos sobre la pared... y luego me

dijo que cuando volviera la paz después de la victoria, a tipos como a mí el partido nos daría nuestro merecido.

- ¿Y le hiciste caso?
- No. Después vomitó. Lo dejó todo hecho un asco, y entonces fue cuando lo echaron. Pero el tipo consiguió que no dejara de pensar en otra cosa. Pensaba primero: tonterías. Y luego me entraron dudas, hasta un punto que jamás habría imaginado.
- ¿Dudas?
- Es la eterna cuestión: ¿sirve de algo tener firmeza, estar resuelto y preparado para lo que venga por mis convicciones? ¿debería sencillamente decir lo que el tribunal quiere oír y acabar con esto? Vemos todos los días cosas terribles, vemos sufrimiento hasta en nuestra forma de hablar.
- Es lo que yo digo siempre: si pudiera, huiría de todo sufrimiento.
- Sí, pero ten en cuenta una cosa. Fijarse en el sufrimiento es un mecanismo de defensa al fin y al cabo. Una forma de evadirse, dicen algunos. No está bien, creo, pararse y analizarlo, sino que hay que enfrentarlo.
- Viniendo de ti es fácil. Hasta cierto punto, estás protegido aquí.
- Pero sufro. La espera, la angustia de no saber un poco más. La incertidumbre, el pensar demasiado, el ruido de las bombas...
- Sí, tienes razón.

Dietrich se acercó a la ventana y vio cómo una pequeña araña negra con líneas blancas bajaba, deslizándose por su tela, agitando todas las patas. Viva, libre, ocupando su lugar.

- A veces sueño con cosas que hacía con la familia. Sueño con el seminario donde estudiaba y con aquél donde enseñaba. ¿Volveré a esos tiempos? ¿Me quedaré aquí meses, años, tan sólo existiendo? Y María, ¿me esperará siempre?

- Te entiendo, hasta cierto punto.
- Todo está estancado aquí, en la celda 92 de Tegel. Pero fuera hay una guerra que en algún momento se parará o nos consumirá. Y el tiempo pasa, mientras tanto, haciéndonos un poco más esclavos.

Quedaron unos momentos en silencio. La araña se detuvo en su descenso, se balanceó. Titubeó. Empezó a trepar muy rápido, a deshacer el camino. Al llegar arriba se escondió en un pequeño agujero. Una mosca se acercó y se pegó a la red. Cayó en la trampa demasiado rápido. La araña salió y, sorprendentemente, cortó unos pocos hilos, cayendo la tela al suelo y dejando escapar al insecto. Volvió a esconderse y Dietrich recibió una suave brisa dándole de lleno en el rostro. Cerró los ojos y comprendió.

- Se acerca tormenta, Lars.
- ¿Cómo? –dijo, distraídamente.
- Que den la alarma. Se acercan aviones.
- ¿Estás loco? Es de día. No van a atacarnos de día.
- Te digo que sí. Sal y que den la alarma. Hazme caso. Tengo una intuición.
- No puedo llegar y decir que has tenido una intuición. Además, podrían...
- Vale, pues yo me esconderé. Y tú deberías hacer lo mismo –y, acto seguido, se metió bajo la mesa, con la Biblia en la mano–. ¿Recuerdas que esta mañana dijimos que los últimos bombardeos parecían de aviso, que no pretendían darnos, que lo hacían casi sin ganas? Era para acostumbrarnos a tener miedo a la noche. Cuentan con el factor sorpresa.
- Sí, tiene sentido lo que dices. Aunque sigo diciendo que una intuición... Dietrich... eh, Dietrich –pero él había abierto ya el libro por el salmo 18 y no le escuchaba para nada. Estaba

totalmente absorto, y se tapó los oídos con las manos–... debería verte un... –entonces sonó la alarma y volvía el sonido de los reactores americanos, con un ruido que se antojaba distinto al nocturno. Era un ruido más temible, más espeluznante, como el que debería de emitir una gárgola que impone respeto desde la almena de un castillo. Lars salió de la celda, corriendo a ponerse a salvo, intercalando algunos tacos.

- ¡Te lo advertí! –dijo Dietrich.

Las bombas caían estrepitosamente, con furia verdadera. Como seres vivos, grandes y monstruosos, que quisieran devorar todo, que exhalaran humo por la nariz, que expulsaran fuego por la boca, como dragones. Dietrich leía el salmo, donde se describe la tierra conmovida, temblando, donde se estremecen los cimientos de los montes, donde Dios baja cabalgando sobre un querubín, resplandeciendo sobre la oscuridad de las aguas. Mientras, en el mundo, aleteaban granizo y carbones de fuego bajo un manto glauco. Dietrich no podía dejar de recordar lo leído aquella mañana en Jeremías: "He aquí que yo destruyo a los que edifiqué, y arranco a los que planté, y a toda esta tierra. ¿Y tú buscas para ti grandezas? No las busques; porque he aquí que yo traigo mal sobre toda carne, ha dicho Yahvé; pero a ti te daré tu vida por botín en todos los lugares adonde fueres". Mas este recuerdo duró hasta que Dios puso su gracia de por medio y con sus flechas detuvo el asalto, que fue mucho más corto de lo que todos pensaban. La invasión casi pareció un aviso. Una vez se reconstruyó lo que había de ser reconstruido, Lars musitó una disculpa a Dietrich y se despidieron, «hasta pronto».

Se revolvió, pronunciando el nombre de su hermano caído en la guerra: Walter. Un golpe de tos le hizo abrir los ojos. Se restregó con la manga y estaba rodeado de tinieblas. Hacía verdadero frío.

Miró hacia la puerta de su celda y dio un bote. Allí había alguien, instalado con él. La sombra temblaba y se contoneaba. De vez en cuando se paraba, sollozaba alguna palabra ininteligible, y seguía con su fluctuación.

- ¿Lars? –preguntó Dietrich, algo nervioso– ¿Eres tú?
- Sí. Supongo que soy yo –se incorporó ligeramente, pero no aguantó mucho en pie. Se dejó caer contra el suelo y un olor agrio se desplazaba lentamente por la celda. Se tapó la cara con las dos manos, en una de las cuales sujetaba un objeto, con el que se dio en la frente. Pero no se quejaba del golpe. Dejó el arma en el suelo, a su lado.
- Estás borracho. Deja que te ayude...
- No, no hace falta. Me gusta el suelo. He traído una copa más, por si querías acompañarme –y señaló al frente donde, efectivamente, posaban una botella medio vacía, una copa usada y otra limpia, impoluta–. Vamos, brindemos por el Führer –y empezó a arrastrarse al extraño bodegón.
- ¿Qué ocurre, Lars? –y antes de que Lars cogiera la botella, Dietrich la alcanzó. Miró la etiqueta–. Vaya, es un buen vino.
- Se ha acabado todo.
- ¿Qué quieres decir?
- Pues eso, que todo ha terminado. Me han obligado, Dietrich. He tenido que hacerlo.
- No te entiendo.
- Me han puesto eso en la mano y... –dijo, señalando a la pistola. Hizo pucheros.
- No puede ser.
- ¿Cuántos años tendría, veinte, veinticinco? Me miró... yo le apunté, le puse el maldito cañón en la sien, dejé que rezara. Soltó alguna frase en hebreo y... no... –arrancó a llorar.

Dietrich no tenía ni idea de qué decir en ese momento. Ni siquiera podía reaccionar, tan paralizado como se encontraba.

- No... no sé qué decir...
- ¿Dispararías tú? ¿Mirarías a tu víctima? ¿Con toda la sangre fría le quitarías la vida, sin más, sin saber siquiera qué ha hecho? ¿Sin saber qué haces en esta guerra que no entiendes? Te han obligado y tú...
- No hay excusas, no hay sino que lamentarse. Lo que he hecho es imperdonable. Todos, pagaremos todos, hasta el último... Cuando tu Dios nos pregunte qué le hemos dado a cambio de Jesús, ¿qué le diremos? Mira, tenemos a Hitler, ¿qué te parece?... El chico seguía mirándome, muerto, con los ojos como de mentira, y la sangre cayéndole por las mejillas...

Se puso en pie como pudo, zigzagueó hacia la puerta y cogió la pistola. Se quedó mudo, mirándola. La luz de la luna hacía que pareciera un grotesco autómata. Era un fantasma, un espectro del Lars siempre cansado que había conocido meses atrás. Cerró los ojos y tembló, bañado por la intensa luz de fondo marino. Entraba aire a borbotones. Dietrich se asustó de verdad cuando Lars abrió los ojos y le miró. Ya no era él.

- ¿L? –se le ocurrió preguntar a Dietrich. Era un tiro a ciegas, pero si acertaba llamaría la atención lo suficiente.
- Yo no soy L, Dietrich. L eres tú.
- ¿Qué? –pensó mil cosas, pero sólo acertaba a hacer preguntas retóricas.
- Fui yo quien te puso la nota con la L, en tu celda, el día que nos conocimos. Pero no es L, de Lars.
- Ah, ya veo...

- No, no ves... L eres tú. Es el movimiento que te define. Como el caballo. Avanzas un trecho y luego cambias ligeramente de rumbo. Me gustaría poder elegir el cambio de rumbo que dará mi vida. Pero ya no puedo.
- Espera. No, no encuentro sentido a eso... sí que puedes cambiar.
- ¿Podré hacer que ese pobre al que me han obligado a matar vuelva a respirar? ¿Eso dices? ¿Que voy a dormir un rato y cuando despierte ese hombre estará al lado, diciéndome que no pasa nada, que me entiende?
- No, no me refiero a algo que has hecho bien o mal, sino a quién eres.
- ¿Qué chorrada es ésa? Voy a dormir un rato, si no te importa. Sí –se puso la punta de la pistola en la sien. Tenía los ojos en blanco, mirando al techo–. Aquí, justo donde le puse yo este mismo arma...
- No, Lars. Maldita sea, ¡quítate la pistola de la cabeza!
- Está aún caliente. Yo por él. Es justo.
- ¡No! ¡No funciona así! ¡Hazme caso!
- Cuando despierte de este mal sueño, todo se aclarará. Ya lo verás.

Dietrich se acercaba lentamente, temiendo que un paso en falso lo precipitara. Detrás de Lars ya se había congregado un buen grupo de gente. Dos carceleros le hacían señas a Dietrich de que se quedara quieto en su puesto. ¿Cuándo habían llegado? ¿Cómo se habían despertado?

- Tenías razón en algo que dijiste una vez.
- ¿Qué? –dijo Dietrich. No se daba cuenta de que se le empañaba la visión.
- Toda la vida es cuestión de ir recibiendo órdenes: cuádrese, haga veinte flexiones, cepíllate los dientes, lleve esta carta,

lávate los oídos, mate a ese cerdo judío... da saludos a todos, ¿quieres? –tiró de la palanca superior y accionó el percutor del arma. Dietrich saltó encima, gritando.

El tiro fue único y firme. El sonido hizo que todos, menos Dietrich, retrocedieran un par de pasos. Lars se derrumbó, inerte, con todo el peso contra el suelo duro. Los dos carceleros lo cogieron rápidamente, y empezaban a tirar de él. Dietrich estaba completamente paralizado, mirando la rara miel, roja y espesa, que se precipitaba por el agujero en la cabeza de Lars. Ocurrió todo con cruel celeridad. Sus emociones se detuvieron y esperaron a que se quedara a solas con el impacto de lo que acababa de presenciar. Parecía que lo había visto en una película, que no había ocurrido. Nada era real. Pero en verdad sabía que sí, que su amigo se había quitado la vida, instantes atrás, delante de sus narices. Sus emociones esperaron a que pasara la imagen casi teatral que le había despertado a un mundo mucho más terrible de lo que cabía imaginar y soportar.

Entonces, cuando ya no pudo dar más vueltas a lo ocurrido, lloró. Primero serenamente, de pie, y luego agazapado en un rincón, con todas sus fuerzas, con toda la desesperación que pudo reunir.

Lloró hasta que la garganta le ardía, y todo lo que le rodeaba se convirtió en sal.

Necesitamos apelar a todas las verdades últimas para llegar a una claridad interior, y para ello se requiere mucho tiempo. Advierto que los primeros días cálidos de la primavera desgarran algo en mí, escribía aquella décima mañana de primavera. Y era cierto, se sentía un tanto desgarrado, pues fueron jornadas ajetreadas, y ansiaba algo de ese silencio del que tanto se quejaba semanas atrás. Los cazas americanos les habían dado un aparente respiro y toda la prisión se convirtió en una fortaleza que había resistido todos los ataques con más o menos fortuna, y que no obstante necesitaba una buena reconstrucción. Los días, más largos cada vez, eran un continuo ir y venir de herramientas, bloques de piedra, alimentos (de los cuales los más jugosos y de mejor calidad serían repartidos entre los carceleros) y cigarrillos. El mercado propio de los presos, que se había visto obligado a detenerse durante todo el invierno y buena parte del otoño; el tráfico de cigarrillos a cambio de lo que fuera; la clásica rutina de todas las prisiones, en definitiva, volvía a su cauce. Dietrich acababa de conseguir algo más de papel y unos cuantos sobres, los cuales necesitaba como el comer. Del último paquete que recibió, sólo le quedaba parte de una tableta de chocolate, diez cigarrillos de un buen aroma, y una baraja de póquer para sus solitarios. La baraja le vendría estupendamente para hacer negocios.

Desde la ventana veía la ciudad, con un aspecto estremecedor. Volvió a su carta, que dirigía a Eberhard: **Todo se ha hecho así demasiado «objetivo»; casi todos los hombres tienen hoy día metas y tareas; todo está enormemente objetivado, pero ¿quién se permite hoy todavía un intenso sentimiento personal, una auténtica nostalgia? ¿Quién se toma el trabajo y quién gasta sus fuerzas en cargar con una nostalgia, elaborarla y esperar sus frutos?**

El carcelero que antes deleitaba a toda la planta con su buen gusto musical tuvo que pedir un traslado la semana anterior y con él se llevó el precioso gramófono, que ahora había sido sustituido por una radio rodeada completamente de papel adhesivo para embalar, con el fin de evitar su descomposición. El cacharro escupía unas canciones en exceso sentimentales, de rebuscada ingenuidad y alarmante vacío. Dietrich se sentía más pobre, intelectualmente hablando, que nunca.

Tengo la impresión de que ambos, quiero decir tú y yo, volvemos a casa al mismo tiempo. La conspiración tenía que actuar pronto, o la guerra podía terminar en cualquier momento. Eso le animaba un poco. Sin embargo, también le habían dicho que por el momento no debía esperar un cambio en su estado actual; por lo que sólo cabían dos posibilidades: si éste fuera el fin, la experiencia en prisión tendría un cierto sentido que podría comprender; en caso de continuar su vida, esta etapa significaría la preparación para un nuevo comienzo, que seguiría con una nueva tarea, la reconstrucción moral de Alemania.

Aquel día pesaba. ¿A qué podía deberse ese hecho? Serían los dolores del crecimiento, de la madurez, igual que duele cuando se da el clásico «estirón». Por fin podía escribir, tras el prolongado parón, con todo el daño, con toda la rabia, con el amor hiriente, con las velas consumiéndose y comiéndose sus pensamientos de ceniza y pan de centeno. *¿Pueden servir estas experiencias?*, decía a su amigo en la distancia, el cual luchaba bajo el sol de Italia, y sobre el trigo que crecía obsceno, al tiempo que veía cómo avanzaba la guerra y las espigas no se recogían. **Debemos ser siempre conscientes del peligro que representaría perder de vista todo esto, e incluso bajo la decantación deben mantenerse vivos los sentimientos fuertes**, Eberhard, ¿entiendes ahora lo que pienso de todo esto?

Ésta era la segunda primavera vivida en la celda 92. Era una primavera distinta, ya que estaba mucho más habituado al reducido espacio, a las privaciones, a las conversaciones sin contenido. ¿O se había insensibilizado? La muerte de Lars había dejado una herida profunda, la cual era la que le daba en parte ese aspecto sereno que algunos decían que «emanaba». Pero esa herida, como las otras, le hubiera desgarrado más de haberse producido fuera. Comprendió que la cárcel le estaba endureciendo el alma y el pensamiento cristiano por el que sufría ahora. Había llegado el tiempo de preguntarse qué significaba para él ser cristiano. L tendría que encontrar esa verdad, fuera de sí mismo, porque en cuanto lo supiera, sabría cómo seguir adelante. Y todo lo que le sucediera, para bien o para mal, tendría un propósito, aunque careciera de sentido o justicia.

Se frotó las rodillas de su traje color sal y pimienta, gastadas del roce con el suelo. Seguía dando vueltas incesantemente a su única preocupación en ese momento: saber qué era Cristo para él y para el mundo. Una pregunta cuya respuesta adquiría tonos dramáticos. Miraba el minúsculo trozo de mundo que se podía ver desde su ventana y pensaba: *¿Sabrán ellos quién es Cristo? ¿Querrán saber quién es? ¿Se preguntarán incluso quiénes son ellos mismos? ¿Cómo explicarlo?* A veces intercalaba otra cuestión: *¿Cuántos cigarrillos me costará ahora un poco de menta para hervir?* Ya no le preocupaba tanto el cansancio de esperar. No le inquietaba la posibilidad de nuevos ataques. No salía ni hablaba con nadie. Tenía un propósito allí dentro, que le había llevado un año forjar. Desgranaba páginas del santo libro y de vez en cuando se arrodillaba. A veces encontraba en la Biblia un texto que confirmaba su pensamiento o le animaba: "Libra a los que son llevados a la muerte; salva a los que están en peligro de muerte. Porque si dijeres: Ciertamente no lo supimos, ¿acaso no lo entenderá el que pesa los corazones? El que mira por tu alma, él lo conocerá, y dará al hombre según sus obras"; y otras encontraba un versículo que le desconcertaba y abría un nuevo campo de reflexión, totalmente virgen: "Pon, oh Dios, temor en ellos; conozcan las naciones que no son sino hombres".

Gran parte de sus cavilaciones iban a parar a las cartas para Eberhard, el único con el que podía compartirlas, con la total confianza de que no serían juzgadas con prejuicio o hipócrita delicadeza. Para el bautizo de Dietrich Wilhelm Rüdiger Bethge, hijo de Eberhard, primer miembro de la nueva generación para la familia, puente para una tradición de 250 años, y fuente de especulación sobre el futuro, dejaba también algunos pétalos de ideas, que pudiera guardar cuando tuviera capacidad de discernimiento.

Pensó que ese tiempo era un cambio fatal para el cristianismo, para todo lo que él defendía. Ya no podría asentar sus planteamientos desde un punto de vista puramente «religioso», ya que los 1900 años precedentes de teología habían dejado de descansar claramente sobre el hombre y sus expresiones. Esta guerra, por ejemplo, ¿dónde estaban las reacciones religiosas que tuvieron las anteriores? No había sino desolación y puños alzados contra el cielo. Cristo estaba siendo echado aparte. Ya no era el objeto de la religión. Y en cierto modo, para Dietrich debía ser algo así, aunque de un modo distinto: Cristo realmente como el Señor del mundo. ¿Qué es una iglesia, una predicación, una vida cristiana para un mundo sin religión? ¿Cómo vivir con Dios, para Dios, en un mundo sin Dios? La imagen ante sí de un mundo no religioso, ¿toleraría a Cristo como Señor? ¿Cabría un instinto cristiano? ¿Cuál es el lugar de un cristiano en una tierra donde sólo se habla de Dios cuando se han desechado todas las demás posibilidades, cuando se han agotado las fuerzas humanas, o éstas están dadas de sí? La trascendencia que todo pensador deseaba lograr, poco o nada tenía que ver con la trascendencia de Dios. Dios, situado más allá en el centro de la propia vida, por encima de cualquier división entre oriente y occidente, seguía como el Creador que Dietrich vio en la Capilla Sixtina, muchos años atrás, a unos centímetros de tocar el dedo del hombre; el hombre, que sólo estirando un poco el índice podría tocarlo, y aun así lo dejaba colgando, vago.

Sus pensamientos, sus sentimientos y vivencias, ¿qué tenían realmente de útiles? ¿Dónde habían de concentrarse? No servirían del todo, puesto que siempre saldría alguien que lo había pasado peor, mucho peor. Siempre habría alguien que hubiera preferido los bombardeos y los cuerpos desmembrados de sus compañeros a sus experiencias en un campo de exterminio. Privados de libertad, igualmente, pero en absoluto en las mismas condiciones; no jugaban la partida cruel de la vida con las mismas reglas, ni siquiera con las mismas fichas. Y sin embargo, muchos que lo pasaron peor que él podrían dar mil y una muestras de que el hombre piensa en Dios, especialmente cuando quiere algo de Él.

Resignación. Remordimiento. Pérdida de apetito. Algunos recuerdos atormentaban: Lars, Hans, Engel, María lejos. Otros que fortalecían: María en sus sueños, instantes de tranquilidad, una carta de mamá, los dulces, la música cuando le hacía recobrar la claridad y la pureza de su propio ser.

Sonó una sirena. Falsa alarma. Nada, nada haría que parase su actividad. Ahora tenía un propósito. El mejor regalo era saberse a salvo. **Hemos vivido demasiado tiempo sumidos en pensamientos y hemos creído que es posible asegurar anticipadamente el resultado de cualquier acción examinando todas las eventualidades, de modo que luego la acción se cumpla por sí misma. Con algún retraso nos hemos dado cuenta de que el origen de la acción no es el pensamiento, sino el sentido de la responsabilidad**; todo escrito junto, sin comas. Mirándose al espejo, volvió a pensar: **el dolor ha permanecido ajeno a la mayor parte de nuestra existencia. Una de las directrices inconscientes de nuestra vida era escapar lo mejor posible al dolor. La fuerza y al mismo tiempo el punto débil de nuestra forma de vida es nuestra sensibilidad matizada y nuestra vivencia**

intensiva del dolor propio y del ajeno. Y al mismo tiempo sus dedos mantenían una hoja en la que había puesto: **"Bueno le es al hombre llevar el yugo desde su juventud" (Lam. 3:27).**

Renunciar a los privilegios para lograr una justicia histórica. Las generaciones siguientes vivirían recubiertas de la armadura hecha con el sufrimiento de los progenitores. Con el aliento nuevo y revolucionario de un pueblo mermado por una lluvia de sangre.

La iglesia, que últimamente luchaba por la subsistencia, como fin único, se había incapacitado para erigirse en portavoz de la Palabra reconciliadora entre la humanidad y Dios. Las voces antiguas tendrían que callar, y dejar paso a la oración y la justicia.

Dietrich hacía pausas continuas en la escritura, pero no en su cabeza. Había mucho camino que andar, mucho todavía por hacer, y aún por sufrir.

El 20 de julio todos cayeron como moscas. Klaus von Stauffenberg, quien sugirió la «operación Walkyria», logró por fin introducir la bomba en una de las salas de conferencias de la Guarida del Lobo. Consiguió camuflarla en un maletín junto con varios documentos, y situarla bajo una mesa con varios mapas desplegados. Todo iba según lo planeado. Hitler estaba allí. Himmler y Goering también. Apiñados alrededor de la mesa. Nada podía fallar. Un breve roce activaría el reloj y en medio minuto explotaría. Pero al salir Stauffenberg, un suboficial rozó con el pie el maletín y lo volcó. Al verlo, creyendo que el mismo Stauffenberg lo había olvidado allí, lo recogió y fue hacia la puerta para avisarle. Una vez allí la bomba hizo su efecto, muy lejos del deseado. Este suboficial fue el único en morir. Himmler y Goering volaron hacia atrás y tuvieron contusiones leves. Hitler perdió audición en el oído derecho durante un par de semanas y no sufrió más que unas pequeñas magulladuras en el rostro. Se puso en pie y, llevado por la ira, consiguió ayudar a sus secuaces a levantarse. Por sí mismo, antes de que le atendiera el médico, ordenó la inmediata busca y captura de los conspiradores. Antes de que nadie le preguntara por su estado, ya estaba gritando la muerte de Stauffenberg, de Olbricht, de Beck; se tiraba y rasgaba aún más el ya destrozado uniforme y por la cara le caían gotas gordas de sangre, que salían de los cortes poco profundos que se hizo en los pómulos.

Stauffenberg, su ayudante Werner von Häften, su jefe de Estado Mayor, y el coronel Albrecht, fueron ejecutados esa misma tarde, estrangulados con cuerdas de violín para prolongar su agonía. Von Beck se cortó las venas y lo mismo hizo Von Tresckow en el frente oriental. Rommel, en quien se habían depositado tantas esperanzas, fue obligado a suicidarse, aunque conservó su buen nombre y popularidad. Paul von Hase fue asesinado diecinueve días después, ahogado junto al lago Plötzen, y su reflejo muerto ondeó sobre el agua durante largas jornadas. Durante los siguientes meses fueron ejecutadas unas doscientas personas relacionadas con el atentado. El general Oster abrió su Biblia por 1 Samuel 31:4, "Entonces tomó Saúl su propia espada y se echó sobre ella"; decidió acabar igual con sus días. Prácticamente toda la conspiración, arrasada, aniquilada, triturada. Joseph Goebbels, el ministro de propaganda del Reich, salió enseguida para anunciar que Hitler seguía vivo, paralizando cualquier adhesión, o posibilidad de un nuevo atentado. Se habían fallado ya demasiadas veces. Todas aquellas vidas perdidas, a cambio de la de Hitler.

Recuerdo que en mi época de estudiante había oído decir a Adolf Schlater en sus clases de ética, que uno de los deberes cívicos del cristiano es el de aceptar con calma una detención preventiva. En aquella época sólo eran unas palabras vacías para mí. Ahora la situación resplandecía con todo el sentido. Empezaba a poner en orden sus ideas, una vez más, quizá la definitiva. Cuando le llegaron las noticias del fracaso del golpe, supo que no tardarían en ir por él. Dejó abierto uno de sus libros permanentemente, por la misma página, en la que usaba un pequeño trozo de papel como marcador de páginas, con un código. Sabía que le sería útil.

Un buen día, tras una visita de María, comenzó su «pasado».

Te fuiste, felicidad amada y dolor querido.
¿Cómo te llamaré? ¿Tribulación, vida, dicha,
parte de mí mismo, corazón mío – pasado mío?
La puerta se cerró
y oigo cómo tus pasos se van alejando hasta perderse.
Sólo sé una cosa: te fuiste y ya todo ha pasado.
¿Sientes cómo mis brazos se tienden hacia ti,
cómo me agarro a ti,
hasta dañarte?
¿Cómo lastimo y te hiero
para que brote tu sangre,
sólo para estar seguro de tu presencia,
tú, plenitud de mi vida carnal y terrestre?
¿Te imaginas que ahora tengo el horrible deseo
de sufrir en mi propio cuerpo,
que deseo ver mi propia sangre,
sólo para que no se hunda todo
en el pasado?

Primero pasaron varios días en los que los nervios corrían por las venas de Dietrich con fuerza. Había imaginado un montón de veces la forma en la que lo llevarían a la muerte, y el estilo de ejecución que emplearían con él. Pero nadie vino, ni siquiera a preguntar. Lo cual le perturbaba todavía más. Parecía que quisieran jugar con él, castigarlo con la espera, o sencillamente observar cómo iba reaccionando y, en el momento que se relajara un poco, entonces saltarían. La vida transcurría con alarmante normalidad. No podía escribir ni leer nada; incluso temía que vinieran a llevárselo en mitad de un párrafo interesante que no podría terminar. Tenía unas pocas hojas, vacías, desparramadas por el suelo, y pasaba algunas horas con el lápiz sujeto, en vilo, sin resultado. De pronto, a una hora incierta de la noche, alcanzó a poner algunos versos insomnes.

¿Soy realmente lo que los otros dicen de mí?
¿O bien sólo soy lo que yo mismo sé de mí?
Intranquilo, ansioso, enfermo, cual pajarillo enjaulado,
pugnando por poder respirar, como si alguien me oprimiese la garganta,
hambriento de colores, de flores, de cantos de aves,
sediento de buenas palabras y de proximidad humana,
temblando de cólera ante la arbitrariedad y el menor agravio,
agitado por la espera de grandes cosas,
impotente y temeroso por los amigos en la infinita lejanía,
cansado y vacío para orar, pensar y crear,
agotado y dispuesto a despedirme de todo.
¿Quién soy? ¿Éste o aquél?
¿Seré hoy éste, mañana otro?
¿Seré los dos a la vez? ¿Ante los hombres un hipócrita,
y ante mí mismo un despreciable y quejumbroso débil?
¿O bien, lo que aún queda en mí semeja el ejército batido
que se retira desordenado ante la victoria que tenía segura?
¿Quién soy? Las preguntas solitarias se burlan de mí.
Sea quien sea, tú me conoces, tuyo soy, ¡oh, Dios!

Algunas noches se movían las sombras, como agitadas por la luz de un cirio. Sólo que no tenía cirios. Entendió que era su imaginación, su cansancio, su falta de sueño. Escribió más y más en la oscuridad, en el suelo, donde se limitaba a estar, a existir y formar parte de la piedra. Con unos puntuales retazos –pasajeros– de humanidad.

Noche y silencio.
Escucho.
Sólo pasos y gritos de los guardianes,
y una risa, ahogada, lejana, de una pareja de enamorados.
¿No oyes nada más, dormilón holgazán?
Oigo el temblor y la vacilación de mi propia alma.

Se puso en pie y miró el espejo, partido por la mitad, y una sombra pasó por detrás. Al girarse vio a Lars, con el rostro gris, macilento, y de su nariz salía algún gusano que caía por su camisa.

- ¿Nada más? –dijo Lars, de terciopelo.
- Oigo, sí, oigo... –empezó Dietrich, cerrando la vista, dejándose llevar por las olas del cansancio– cual voces, cual llamadas, cual clamores en busca de una tabla para salvarse, los pensamientos de los compañeros de infortunio.
- ¿Y les duele?
- No. No lo sé. Oigo el chirrido de sus camastros, oigo cadenas –levantó los párpados y se dio cuenta de lo terriblemente solo que estaba.

Se derrumbó. Le temblaba involuntariamente algún músculo de la cara. El suelo estaba frío, pero prefería estar allí. Se prometió no volver a usar el camastro. Registró los versos inquietantes que dijo a Lars, o lo que parecía Lars. Describió también cómo se agitaban y estiraban los hombres presos que anhelaban la libertad, y cómo éstos, al igual que él, murmuraban al alba el nombre de sus amadas, de sus familiares, y cómo se sentían de tristes y molidos.

> Perverso,
> sal a la luz,
> ante el tribunal.
> Mentira y traición,
> acciones infames,
> se acerca la expiación.
> Advierte, hombre,
> que la santa fuerza
> actúa justiciera.
> Con júbilo exclamad:
> ¡Fidelidad y justicia
> para una generación nueva!

Por fin llegó el día, dos meses y medio después del fracaso del golpe. Se encontró con que casi lo estaba deseando, sobre todo porque llevaba ya tiempo con las maletas hechas y todas sus pertenencias puestas aparte, bien colocadas, en un rincón. Lo registraron, lo manosearon, y él obedecía, impune ante los últimos rayos del sol. Se sorprendió de poder enmudecer a voluntad. Era ajeno a todo, y veía lo que sucedía como un espectador, fuera de su cuerpo. Le hicieron preguntas, pero no contestó. Ni siquiera las había escuchado. Decidieron que no merecía la pena ponerle las esposas. Lo último que vio al salir de su celda, fue la frase que puso en una de sus esquinas: **guarda diligentemente tu celda, y ella te guardará**. Tomándole con facilidad del brazo le condujeron por los pasillos, puertas –nº 92, nº91, nº90, etc...– y lugares en los que había permanecido durante año y pico. El doctor agitó el brazo y dijo con los labios "yo me encargo de tus cosas", cuando vio que se lo llevaban, y Dietrich guiñó un ojo, único rastro de calor humano que mostró al salir. El silencio era aplastante. Toda la prisión estuvo pendiente de cómo era trasladado, dócil, casi empujado por una nebulosa, hacia el exterior, donde chispeaba. Pero nadie se fijó en el único detalle curioso: el trozo de papel arrugado que escondía en una mano. A un lado, Dietrich podía ver la fábrica negra que nadie sabía para qué era, que sólo había contemplado cuando fue ingresado en Tegel. Ni una lágrima. Lo extraían de allí, hecho un hueco, para intentar vaciarlo aún más.

CAPÍTULO 17

1944/ Prinz-Albrecht

Dos días después de ser encerrado en una celda en el sótano del cuartel general de la Oficina Principal de Seguridad del Reich (Gestapo) en la calle Prinz-Albrecht, Dietrich trabó algún contacto útil entre los guardias, sobre todo con un tal Kobloch, quien le proporcionó bastante información del exterior y le ayudó a enviar cartas. Averiguó quiénes eran sus compañeros de barrotes. Sólo le costó las dos últimas cajetillas de tabaco que le quedaban y el resto de su tableta de chocolate. Sus compañeros eran Canaris, Goerdeler, Sack, y un primo de María, Fabian. Su cuñado Hans von Dohnanyi seguía estable, dentro de la gravedad de su parálisis, que se quedó a vivir en ambas piernas; no le era posible verlo pues no tenía aún permiso. De ellos sólo había escuchado rumores durante su incomunicación casi total con el exterior. Pero tenían que fingir las emociones y los saludos efusivos. Esto no era un cuartel militar, sino un lugar donde se aterrorizaba a los presos a cambio de un poco de información. Tendría que hacer buen uso del trozo de papel que consiguió sacar de su celda, junto con un par de libros y algo de papel para cartas. El papel contenía el alfabeto codificado con números, sistema ideado por Hans. No pudo averiguar finalmente quién lo introdujo en la celda; su nombre quedaría en el misterio.

Su celda en Tegel era una alcoba presidencial al lado de ésta. Cuántas veces había pasado por esa calle sin sospechar que bajo el empedrado existían unos calabozos sacados de lo más profundo de una pesadilla. Pero nada iba a estropear las esperanzas que empezaban a formarse en el grupo. La larga estancia en prisión con la que cargaban los alejaba de las sospechas de participación directa en el atentado de julio, y ésa era su mejor carta. Cuanto más claro quedara en los interrogatorios que ninguno sabía nada del golpe contra Hitler, más segura sería su excarcelación. Empezó a fluir el intercambio de notas escritas con rapidez entre los compañeros, que a pesar de tener menos comodidades que en otras prisiones, podían verse más a menudo e incluso conversar. Así, trataban y acordaban puntos comunes para los "asquerosos interrogatorios", en palabras de Canaris, en su tosco pero eficaz nuevo lenguaje.

"NO STAUFFENBERG", era 14, 17, 18, 26, 25, 28, 6, 6. Quería decir que en el siguiente interrogatorio no debía mencionar ni siquiera el nombre del aristócrata. 21, 28, 14, 3, 8, significaba "MÜNICH". A veces se saltaban alguna vocal.

Al principio era muy complicado traducir el sistema, pero era la única fórmula para burlar a los suspicaces matemáticos de la Gestapo. Se trataba con números para que perdieran el tiempo buscando complejas secuencias. Como le gustaba decir a Hans, muchas veces "el mejor camuflaje es el que parece más evidente".

Hubo alguna ocasión en la que para ponerse de acuerdo había que ser extremadamente habilidosos, o silenciosos. Una noche sonó una alarma de bombardeo que resultó ser falsa. Dietrich aprovechó la confusión y se escabulló, con la agilidad de una gacela, en la celda de su cuñado, que habían dejado abierta. En el minuto y medio que tuvieron acordaron dos o tres puntos para el próximo interrogatorio de Dietrich, le regaló un melocotón, e incluso pudieron hacer bromas sobre el estado de Hans y el clima. Casi funcionaba mejor la conspiración en Prinz-Albrecht que en sus propios despachos. Para salir de la celda de Hans, Fabian simuló un ataque de pánico por la alarma, finalmente falsa y, mientras distraía a dos guardias, Dietrich pudo incorporarse a la fila, que serpenteaba por los pasillos estrechos, que siempre daban la sensación de que se tragaba todo rayo de luz que penetraba en el recinto. Nadie se dio cuenta.

Del ejército ruso en Prusia Oriental venían además noticias favorables. Hitler estaba forzando a su ejército y el ataque ya no resultaba viable; entre otros motivos, porque estaban en inferioridad. Según los datos de Knobloch, estaban obligándose a retroceder posiciones y eso ponía muy nervioso al dictador, que acusaba a sus generales de poco viriles, y por extensión ponía de los nervios a los que le rodeaban y tenían que escucharle.

El corazón de Dietrich latía mejor. Estaba de buen humor, y eso se contagiaba como podía al resto, aún con la depresión a cuestas.

- Una batalla sólo se pierde cuando los mismos combatientes la dan por perdida. Ellos no lo ven así... ¿vamos a actuar del mismo modo? –repetía incesante, mientras hacía llegar pequeñas notas de ánimo a sus compañeros, y con disimulo les daba toques en el hombro cuando podía.

La tensión se relajó al mes y medio de llegar Dietrich allí. Ciertos altos mandos de las SS estaban acordando con sus contactos algunas condiciones para la paz. Ya se imaginaban todos celebrando el fin de año con su carta de excarcelación y contando los días para respirar aire puro.

Dietrich consiguió redactar tres cartas y recibir media docena, hacia su novia y sus familiares. María había intentado un encuentro, pero ya era impensable conseguirlo, a pesar de que ella había hablado hasta con el director del equipo de detectives de la SS, en vano. ¡Cómo le brillaban los ojos a Dietrich con cada carta, de las cuales releía una y otra vez hasta el remitente! Su felicidad con la escasa correspondencia infundía ánimos a los demás. Sentía cómo el amor contenido en esas hojas le acompañaba de continuo y le apaciguaba.

En Navidad llovieron felicitaciones para todos, y descansaron de los interrogatorios, que por otra parte no daban más de sí, pues sólo hacían preguntas banales e imprecisas, de las que sólo cabía esperar un fallo, o una incoherencia, por pequeña que fuera, que nunca llegó. Por una vez, se olvidaron hasta cierto punto las diferencias entre guardianes y presos y todos brindaron falsamente a la salud del Führer. Con la derecha alzaban la copa, y con la izquierda a la espalda hacían discretamente el gesto que indicaba la poca consideración hacia la salud de Hitler. Se dispuso un mantel de rayas rojas y blancas y se pusieron en común todos los víveres y chucherías con que contaban. Fumaron, bebieron y entrechocaron copas y se saciaron de comida, por un instante que ansiaban poder dilatar en su memoria y en su retina hasta el infinito.

Knobloch chocó su vaso de vino con el hombro de Dietrich y le dijo por lo bajo:

- Tengo un plan –sostenía el campo visual de Dietrich con la misma seguridad que el vaso.
- ¿Qué tipo de plan?
- Uno. Para sacarle de aquí. Porque, ¿usted no tiene ganas de estar aquí, verdad?
- Si lo hace por dinero, yo...
- No es por dinero, es... algo personal.
- Entiendo.

Knobloch buscaba a alguien de confianza para dar una especie de lección al director de los detectives de las SS, quien se jactaba de tener el mejor dispositivo de seguridad de todos los cuarteles generales de la Gestapo, en todo el territorio del Reich. Su vanidad ponía a todos enfermos, y Knobloch sabía que la única manera de apartarlo de sí era ver cómo se escapaba algún preso. Dietrich le caía bien, y ya había demostrado estar en forma para algo así.

CAPÍTULO 18

1945/ Prinz-Albrecht

- Me veo un poco ridículo con este disfraz de mecánico –dijo Dietrich, mirándose por enésima vez. Le quedaba al menos dos tallas más grande. La ropa pertenecía a Rüdiger Schleicher, que consiguió hacérsela llegar camuflándola entre dos cajas de víveres. Las cajas eran dobles y entre capa y capa pudieron estirar la camisa y los pantalones.
- No es un disfraz, es auténtico... sólo que un poco grande. Pero nadie se fijará en eso –afirmó Knobloch–. Repasemos el plan... te ayudo a subirte al conducto A. Mientras tengas medio cuerpo dentro del conducto, todos te tomaremos por un mecánico.
- Si alguien pregunta por qué me ayudas a subir...
- Tu torpe compañero ha dejado fuera la escalera, y tardará unos minutos en volver.
- Fabian fingirá uno de esos ataques de pánico, para asegurarnos de que estaremos solos. Entonces...
- Tú me ayudas a subir. Y recuerda, avanzamos en forma de L, girando siempre hacia la izquierda, para llegar a la salida. Son siete giros, ni uno más ni uno menos. No dispondremos de mucho tiempo y tampoco podremos mirar el mapa.
- Uno de los conductos pasa por encima de Canaris, que nos hará una señal con una luz para saber que vamos bien... Además, tú bajas allí, para que cuando te llamen puedas asegurar tu coartada.

- Un plan perfecto, ¿no te parece?
- Nunca salen las cosas igual a como se planean –profetizó Dietrich.

En efecto, una vez que se hundió en la negrura del conducto A, se dio cuenta de que no sería tan fácil. El agujero era estrecho, claustrofóbico, y respirar era una tarea tan ardua como la de arrastrarse por las tripas de la prisión. A punto estaba de subir al conducto, cuyo suelo no era tan resistente como se había previsto, cuando se sumó un nuevo problema.

- ¿Hay una inspección de la calefacción aquí, y nadie me ha avisado? –dijo alguien desde el pasillo. Dietrich vio a Knobloch soltar su pierna, con la que le aupaba, girarse y palidecer.
- Era una inspección sorpresa. He hecho lo posible por esperar a que viniera usted, pero tenían bastante prisa.
- Bueno, en caso de inspección por sorpresa, no hay excusas... pero debería haberme avisado antes.
- Sí, sí, claro.

La voz que les interrumpió apareció en la cabeza del director de los detectives de las SS, cuyo nombre trató de recordar, pero no encontró. Se había aproximado un poco a curiosear, y podía notar cómo olisqueaba igual que un perro. Sabía que no le satisfacía la respuesta de Knobloch.

- ¿Dónde están sus herramientas? –dijo el director, suspicaz, señalando al mecánico disfrazado de Dietrich, que exhalaba mares de sudor y evitaba por todos los medios concentrarse en los daños del sistema de calefacción. El director preguntaba como si le divirtiera el sólo hecho de hacer preguntas capciosas.

- Sus compañeros están fuera, y las traen junto con una escalera. Pero quería ir echando ya un vistazo– apuntó Knobloch.
- Ajá... ya veo... –el director se dirigió a la puerta y Dietrich suspiró– ¿cómo va todo por allí arriba?
- Mucho calor –dijo Dietrich, poniendo la voz todo lo grave que pudo. No se esperaba que supiera camuflar su voz tan bien. Incluso a él le pareció que hablara el mecánico.
- Ya me lo imagino... –desapareció el director dejando su rastro de palabras.

Dietrich saltó y se colocó para ayudar a Knobloch. Subieron fatigosamente, aseguraron la trampilla por la que habían ascendido, y se deslizaron por el laberinto. El eco de sus rodillas y sus codos contra el suelo se extendía con pesadez. Se movían como en el interior de una botella de cristal. Intentaban luchar contra la sensación de estrechez. A cada giro se angustiaban más, pero no podían dejar de avanzar. Volver era más arriesgado e imposible que seguir. Tras un tiempo que resultaba sempiterno, aunque sólo habían recorrido unos treinta metros reptando por los conductos, cubiertos de polvo y mugre, vieron la luz. Canaris había conseguido una linterna y la tenía puesta contra el techo, haciendo que parpadeara. El ansia hizo que sin miramientos, Dietrich, que iba delante, empujara la trampilla e hiciera bastante ruido. Vio a Canaris mandarle callar y volverla a subir, y luego esconder la linterna bajo el colchón del camastro, donde reposaba también una bolsa de basura. Hacía de vez en cuando gestos que decían «un momento», de forma tan elocuente que no se atrevían ni a moverse, a pesar de que se asfixiaban. Cuando todo pareció despejado, pudieron bajar. Primero lo hizo Dietrich, que estaba irreconocible, debajo de la capa de grasa mezclada con polvo con la que se había restregado. De pronto, oyeron pasos. Como si de un acto reflejo se tratase, Canaris volvió a cerrar la trampilla de un salto y Dietrich se tiró debajo del camastro. Vio unas botas pasar de largo.

- Tenéis que cancelar el plan –dijo Canaris, tajante, mientras ayudaba a Dietrich a ponerse en pie y sacaba la bolsa de basura, con ropa para Knobloch.
- ¿Qué ocurre?
- Dietrich, han detenido a tu hermano Klaus y a Rüdiger.
- ¿Cómo? –dijo Knobloch, dejándose caer, con torpeza.
- Creo que van a Dachau.
- No puede ser... –Dietrich se sentó en el camastro, abatido. Knobloch se cambió con una destreza implacable y se sentó a su lado.

Se acercaron otros pasos y Knobloch y Dietrich se parapetaron a cada lado de la puerta enrejada de Canaris. Los pasos eran de Fabian y un guardián. Canaris le hizo un gesto que no entendieron salvo él y Fabian, el cual, obedientemente, se lanzó contra la pared y empezó a fingir el ataque de pánico, antes de lo previsto. Tomó al guardián que se agachaba para levantarlo, murmurando algo parecido a "ya estamos otra vez", y lo tiró al suelo, echándose encima de su cara, oportunidad que aprovechó Dietrich para ir a su celda. Knobloch fue y ayudó al guardián a zafarse de Fabian, que pataleaba. Fingió darle un puñetazo a Fabian, y éste se tiró al suelo. Para entonces el pasillo era un hervidero de guardianes que se llevaban al preso a rastras a la enfermería. Knobloch le dijo, tan bajo que sólo se le podían ver los labios tímidamente: "eres un genio".

Mientras tanto, en el Este había comenzado la ofensiva de los rusos, tan temida por el Reich. Cada día avanzaban y atacaban las posiciones, de día y de noche, con dureza. Pätzig, clave en la defensa alemana, no tardó en caer. Los padres de Dietrich decidieron trasladarse a Berlín, pasara lo que pasara, a donde volverían gracias a la ayuda de María. Y ya no supo más de ellos, por mucho que lo intentara. Lo único que le llegó fue un rumor de que su hermano y Rüdiger habían sido condenados a muerte. El rumor resultó ser cierto, pero Dietrich nunca lo supo. Bethge fue detenido en Italia, y puesto en libertad poco tiempo después. Hans von Dohnanyi confesó haber pedido a su mujer gérmenes patógenos de la disentería, pensando que era preferible una nueva enfermedad a seguir sufriendo los interrogatorios. Knobloch fue trasladado, sin más, un día de tantos. La noción del tiempo se había perdido para siempre.

Rogó muchas veces poder enviar cartas a su familia, pero la única respuesta e información que dejaron que recibiera de ellos era algo de ropa interior que nadie sabía desde dónde se enviaba. También perdió la noción del espacio y agotó todas las lágrimas y oraciones que pudo.

La última noche en Prinz-Albrecht ofició un pequeño culto para seis personas, donde sólo pudo hablar de su dolor, de su incertidumbre, y también dijo algo sobre una nueva vida. "Cuando esto pase –dijo– no sé si nos reiremos, pero sé que podremos dejar a un lado los pensamientos más negros y destruirlos. Sé que esto parecerá que en lugar de haber vivido este tiempo, lo habremos leído en alguna parte".

Sí, pero en estos momentos, el tiempo era real, muy real.

El tiempo era real. No así lo parecían muchos de los atropellados acontecimientos de aquellos primeros meses de 1945.

A principios de febrero, Berlín fue brutalmente bombardeado. Una de esas bombas hizo quebrar una viga de madera que aplastó la cabeza de Roland Freisler, el «juez sanguinario». Justo un par de horas después de que dicho juez condenara a Klaus y Rüdiger. El conducto de ventilación por el que se preveía la escapada de Dietrich fue seriamente dañado. El director de detectives se quejaba: "Precisamente cuando lo acabamos de revisar". Dietrich situaba a su familia en camino hacia la ciudad, huyendo de Pätzig, que quedó completamente arrasada, y no se preocupó más de lo debido. La familia a su vez lo situaba en Bundorf, pero perdieron pronto su rastro. El día más fuerte de los bombardeos, cuando se sucedieron durante más de dos horas, parecía el día del Juicio, donde la tierra se estremecía y temblaba como si se estuviera devorando a sí misma. Escuadrilla tras escuadrilla colorearon de gris el cielo invernal, azul como los ojos de un ario, sembrando de ceniza y humo el centro de la ciudad. Las llamas los obligaron a evacuar a todos los presos y subirlos con rapidez a un camión que los llevaría cerca del campo de Buchenwald. En ese camión iban 20 personas, apretados, hacinados, almacenados y despojados. Dietrich sólo llevaba unas mudas y un libro de Plutarco, regalo de Klaus, cuyas páginas olía de cuando en cuando.

Le quedaban unos pocos papeles, en los que anotaba los versos que se le ocurrían. En el camión, mirando la carretera, vio una hoja de un árbol, seguida de un charco que se abría como el Mar Rojo al paso de la expedición, y una sombra de una persona al fondo; una sombra negra, que parecía la muerte con sus ojos hundidos. Dietrich no sabía explicar lo que sentía, pero tenía la convicción de que ése era su último viaje, en esta etapa de su vida; fuera hacia la libertad, o hacia un campo de exterminio.

Si sales en busca de la libertad, aprende ante todo la disciplina de tus sentidos y de tu alma, para que tus deseos y tus miembros no te arrastren sin descanso, aquí y allá – No hacer y osar lo arbitrario, sino lo justo –

Pararon un par de días en un colegio abandonado junto al campo de Buchenwald. El colegio daba verdadero miedo. Tanto, que aunque había posibilidades factibles de escapar, ninguno se atrevía. Los veinte prisioneros se acomodaban como podían, apoyándose en los colchones del gimnasio que a su vez se apoyaban sobre los pesados pupitres. El aula donde se encontraban era inmensa, y rostros de antiguos profesores, de Hitler y otros altos mandos, todos en fotos deterioradas, les miraban atentamente, infligiéndoles más respeto hacia el lugar. En un momento de la noche entre los dos días, en el que nadie podía dormir, Dietrich se puso en pie, fue al retrato de Hitler y le dio la vuelta, para luego volver a echarse.

- Bueno, chicos, ahora podremos dormir –dijo, como el maestro que consigue sacar de clase un pájaro que les ha interrumpido, y quiere volver a llamar la atención sobre la explicación. Todos, guardianes incluidos, se miraron y rieron lastimeramente.

Trasladaron a los presos a una prisión junto al campo. Dietrich había escuchado mil historias sobre los campos de concentración, pero hasta que no vio el panorama, no se lo pudo creer. Esqueletos enfundados en sacos de patatas caminando sin vida, tropezándose, sin voluntad, que iban en grupos de 50 de un lado a otro, bajo el frío demoledor, mientras un par de generales los insultaban. Pero estaban tan secos que los insultos no hacían nada. En un lado, casi indistinguible de la nieve que cada día se iba deshaciendo, se empezaba a perfilar una rudimentaria carretera, que los esqueletos estaban obligados a terminar. Dietrich estaba tan afectado, tan dolorido, que no pudo leer ni escribir más, mientras estuviera allí. Tenía acaloradas discusiones teológicas con el general von Rabenau, y usaron un ajedrez que alguien abandonó en la celda. No jugaban, simplemente deslizaban las fichas y esperaban a que ocurriera lo que tuviera que ocurrir, porque no encontraban sentido a nada. Así pasaron dos meses más.

Era domingo, a principios de abril. Dietrich celebró un pequeño servicio litúrgico para sus compañeros. Leyeron un texto que pertenecía a la segunda carta de Timoteo, donde Pablo se da cuenta de que probablemente es mejor hacerse a la idea de que no va a salir de prisión. Acepta que será sacrificado. "En mi primera defensa ninguno estuvo a mi lado, sino que todos me desampararon –leyó Dietrich, lleno de melancolía, de tristeza–; no les sea tomado en cuenta. Pero Dios estuvo a mi lado, y me dio fuerzas, para que por mí fuese cumplida la predicación, y que todos los gentiles oyesen. Así fui librado de la boca del león. Y el Señor me librará de toda obra mala, y me preservará para su reino celestial. A él sea la gloria por los siglos de los siglos". Y todos cerraron con un sonoro AMÉN, que les conmovió e hizo llorar.

El día anterior, se hallaron los diarios de Canaris, en los alrededores del campo de Zossen. Allí estaba todo. Las reuniones, los números, los acuerdos, el plan maestro de la conspiración. Hitler fue informado al momento y dio la orden definitiva: que todo el grupo cercano a Canaris fuese ejecutado.

El oficial de turno se presentó en el pasillo y bramó:

– ¡Prisionero Bonhoeffer, prepárese y venga conmigo!

No hizo falta repetirlo. Dietrich recogió sus escasas pertenencias. Sostenía el libro de Plutarco y, justo cuando salía, pidió un lápiz a von Rabenau. En tres partes del libro –más o menos a la mitad, en la contraportada, y en el título del interior– dejó una nota:

Dietrich Bonhoeffer, Pastor.
Berlin Charlottenburg
Marienburger Allee, 43

- Toma, dáselo a Goerdeler.
- Descuida, lo haré.

Salió y echó a andar hacia el oficial. A la mitad, un brazo salió de una celda y le tomó del codo con fuerza. Dietrich miró a su dueño, Payne Best, un prisionero británico, del que sólo sabía que era amigo de su amigo George Bell, obispo de Chicester. Sin dejar de mirarle, le dijo:

- Esto es el final. Pero para mí el comienzo de la vida.

Al subir al camión, vio a Canaris, a Sack, a Ludwig Gehre, y Theodor Strunck. Enseguida comprendió cuál sería su suerte. Sólo estaban allí los implicados en la conspiración.

- Lo siento... siento todo esto –repitió Canaris varias veces, como si pudiera arreglarlo a fuerza de decirlo.
- No tienes la culpa de nada –le aseguró Dietrich.

El camión fue en dirección Sur. Pasaron por los bosques bávaros, y la belleza les arropaba por un momento. Pasaron por Regensburg, y se detuvieron en Schönberg, en el colegio abandonado. Cambiaron los conductores y uno de ellos dijo el destino en voz alta, rematando los últimos escombros de esperanza: FLÖSSENBURG.

CAPÍTULO 19

1945/ Flössenburg

'RADAMÉS:
La fatal pietra sovra me si chiuse
Ecco la tomba mia del dì la luce più non vedrò'

(Giuseppe Verdi, *Aida: Acto IV – Escena 2*)

María sonreía ante un fondo blanco, y el aire estaba hecho de espuma.

... tú, vida mía, pasado mío,
tú, día de ayer, horas para siempre fenecidas.

Era el único momento de felicidad auténtica del día desde hacía dos años y nueve meses de cautiverio. Cuando, aunque sólo fuera en sueños, podía sentarse junto a su amada y darle algunas palabras.

Tu proximidad me despierta en el fondo de la noche
y tengo miedo.
¿De nuevo te he perdido? ¿Te busco eternamente en vano,
a ti, pasado mío?
Extiendo las manos,
y rezo...
y heme de pronto ante algo nuevo:
por la gratitud y el arrepentimiento,
el pasado vuelve a ti
como el fragmento más vivo de tu vida.
Rastreo, en lo pasado, de Dios la bondad y el perdón,
y pido que hoy y mañana te guarde el Señor.

Dietrich abrió los ojos. No tenía rencor, ni miedo. No había fantasmas sentados con él. No había resignación. Un juicio de puro trámite, una pantomima ridícula, decidió la ejecución del grupo, al día siguiente, al alba.

Se encontraba un poco cansado de la vida, de todo lo que había tenido que ver sin elección. Pero ahora sabía hacia dónde se dirigía, ahora mejor que nunca.

9 de abril de 1945, 06 horas de la mañana. La niebla cubría las piernas hasta las rodillas. El paisaje estaba dispuesto, con enorme teatralidad, incluido el cielo y las últimas luces de la noche. Salieron de la caseta los cinco condenados. No había demasiadas cosas que destacar del sitio, salvo una tarima pequeña en un lado con cinco sogas colgando a distintas alturas. Entre ellas y la tarima, una pequeña elevación de madera. Justo enfrente un guardia los filmaba con una cámara de cine. Pusieron a los cinco cada uno en su sitio, con profesionalidad; sin chistes, ni comentarios. Era el momento de la oración vespertina.

Dietrich pensaba en silencio en unas montañas con forma de mujer tumbada hacia arriba. Era María, su María. En la montaña más alta había una cabaña. Como aquella en la que la familia pasaba sus vacaciones. Dentro estaban todos: padre, madre, abuela Julie, Eberhard, Hans, Walter, Karl, María –por supuesto–, Sabine, Christine, Karl-Friedrich, Ruth, Frank, Martin... cabían todos, porque era un sueño. Fuera, la noche era púrpura y reinaba una enorme calma. Al otro lado de la montaña estaba el mar.

Los dos primeros, Canaris y Sack, cayeron y podían oír cómo sus cuellos se partían. Un golpe seco, exacto, certero, que acababa con los que estaban en contra de la Alemania del progreso, de la fuerza.

En la casa celebraban una fiesta, para alejar a Dietrich de la muerte inminente y del frío. La chimenea crujía.

Sonó el crujido al caer el tercero, Gehre. Era más alto de lo que habían calculado y dio con los pies en el suelo. El golpe esta vez no fue preciso. Tenía roto el cuello y quizá los dos pies, pero no estaba muerto. Daba espasmos y se contraía y tensaba como un pecho respirando. Uno de los guardias le puso su arma en la cara y terminó la faena, como se hace con un toro.

No importaba lo demás. Todos estaban allí, en la casa, con él, tomando pastas y earl grey con leche caliente. O chocolate. En la hornilla explotaban copos de maíz. Se abrían y explotaban.

Se quebró el cuarto cuello. Strunck. Sonó igual que cuando se crujía los nudillos. A esa misma hora moría Hans von Dohnanyi.

No importaba, de verdad que no importaba. Todos los errores y los malos pensamientos del mundo no podían quitar ni un ápice de belleza, eternidad, gozo e importancia a lo que Dietrich tendría ante sí en cuanto cruzara el umbral, en cuanto perdiera el aliento de golpe. Tomó aire. De verdad, no importaba su condición, ya que Dios le dio la oportunidad, como hace con todo el mundo, y él la había aceptado, y había vivido con esa decisión. Lo demás ya no estaba en sus manos, ya nada podría hacer. Pero de veras que no... que no importaba.

Muerte, ven ya, fiesta suprema en el camino hacia la libertad eterna; muerte, abate las molestas cadenas y murallas de nuestro cuerpo perecedero y nuestra alma obcecada, para que por fin avizoremos lo que aquí se nos niega contemplar.

El verdugo se puso detrás y se desabrochó un botón de la chaqueta.

Libertad: te hemos buscado largo tiempo en la disciplina, la acción y el sufrimiento. Al morir te reconocemos en persona en la faz de Dios.

El verdugo retrocedió un paso.

Querido Eberhard: esta tarde escribí esas líneas en unas pocas horas.

El guardia que estaba rodando le pidió que parase. Había que cambiar el rollo de la película. Un par de minutos y listo.

María, mi vida, no te preocupes. Ya está hecho y no sufro. Ya no sufriremos. Te quiero. Os quiero, humanidad, aunque no te importe. Aunque no lo sepáis siquiera, yo esta noche en la eternidad dormiré. ¡Al fin y al cabo no soy ningún poeta! Pero de veras que no... que no me importa morir. Porque al hacerlo reconoceré la persona llamada libertad, en el rostro de Amor de Dios.

El verdugo empujó la banqueta. Un golpe preciso. Se amontonaron los cuerpos en la duermevela.

Primero los nazis fueron a buscar a los comunistas, pero no dije nada porque yo no era comunista. Después fueron a por los judíos, pero tampoco hablé porque yo no era judío. A continuación fueron a buscar a los sindicalistas, pero también me quedé callado porque yo no era un sindicalista. Seguidamente fueron a por los católicos, y tampoco dije nada porque yo era protestante. Por último, vinieron a por mí, pero entonces ya no quedaba nadie que pudiera hablar.

(Dietrich Bonhoeffer, 1906 – 1945)